公主小福星

gongzhu xiao fuxing

马翠萝 著

U0367091

化学工业出版社

·北京·

图书在版编目 (CIP) 数据

公主小福星 / 马翠萝著. —北京 ：化学工业出
版社，2015.9（2020.3重印）
（智慧公主马小岚纯美爱藏本）
ISBN 978-7-122-24791-9

Ⅰ. ①公… Ⅱ. ①马… Ⅲ. ①儿童文学-中篇小说-
中国-当代 Ⅳ. ①I287.5

中国版本图书馆CIP数据核字(2015)第176352号

原版书名：公主传奇 公主小福星 原版作者：马翠萝
ISBN 978-962-08-5937-3
本书为新雅文化事业有限公司授权化学工业出版社在中国内地出版中文简体
字版本，仅限于在中国内地（不包括香港、澳门及台湾）发行销售。
未经许可，不得以任何方式复制或抄袭本书的任何部分，违者必究。
© 2013 Sun Ya Publications （HK） Ltd.

北京市版权局著作权合同登记号：01-2013-7931

责任编辑：李雅宁　　　　　　　　责任校对：陈　静

出版发行：化学工业出版社（北京市东城区青年湖南街13号　邮政编码100011）
印　　装：大厂聚鑫印刷有限责任公司
880mm×1230mm 1/32　印张 6¼　2020年3月北京第1版第9次印刷

购书咨询：010-64518888　　　　　　售后服务：010-64518899
网　　址：http://www.cip.com.cn
凡购买本书，如有缺损质量问题，本社销售中心负责调换。

定　　价：16.80元　　　　　　　　版权所有　违者必究

目 录

第*1*章
救苦救难的小天使

刚刚通过了检票口，就听到身后那道栅栏"哐"一声关上，停止入闸了。

真是好险，差一点点就坐不上这一趟飞机了！

晓晴气喘吁吁地冲她弟弟晓星说："都怪你，一定要带笨笨回去！又是检疫又是托运的，麻烦死了，还弄得差点儿上不了飞机！"

晓星嘟着嘴说："姐姐，你怎么老是贬低我的朋友！我的朋友叫聪聪，聪明的聪，不是笨笨！"

晓晴说："就是笨笨，笨笨笨笨笨笨笨，笨蛋的笨！"

晓星只好转脸向小岚求救："小岚姐姐，你看晓晴姐姐一点儿也不尊重我的朋友聪聪。"

走在前头的小岚，扭头问："聪聪？聪聪是谁呀？哦，你说的是笨笨吗？"

晓星急了："小岚姐姐，你……"

小岚说："其实笨笨这名字挺好啊！好记，叫起来又响亮，而且跟你朋友还挺配的。"

晓晴朝晓星挤挤眼睛，得意地笑了起来。

晓星很是无可奈何："怎么连小岚姐姐都这样对你，可怜的聪聪。"

他又埋怨："要是乘'皇家一号'就好了，我就可以跟我的朋友坐一块儿了。"

小岚说："我不是说过吗？万卡哥哥把'皇家一号'派去接他的姨婆了。"

晓晴说："小岚，其实我很想问你，万卡哥哥怎么突然跑出一个姨婆来了？"

小岚有点儿困惑地说："我也不知道。万卡哥哥说，是他上星期去参加世界首脑会议时才相认的。他说在电话里讲不清楚，回去才跟我详细说呢！"

正说着，他们已穿过铺着红地毯的通道，到了机舱门

口，满脸笑容的空中小姐把他们领到了头等舱靠右边的座位。

头等舱里只有八个位子，左边四个，右边四个，座位与座位之间很宽敞。他们进入时，见左边已经坐了一男一女两个外国人，看上去像是母子俩。

两个外国人见了他们都微笑着点头致意，显得很有礼貌。年轻人还热情地介绍："我是积，这是我妈妈。"

"阿姨好，积哥哥好。我是晓星！"晓星跟他们打过招呼，就一屁股坐到自己的座位上，又舒服地把腿盘起来。那特大的单人沙发，几乎能把他整个人包起来。

他又想念起自己的朋友来了，便拿出手机，对着屏幕看了又看，又忍不住对那个年轻人抱怨起来："积哥哥，你说是不是很不公平，为什么我的朋友笨笨，不，是聪聪，为什么聪聪只能坐行李舱，不能坐客舱。行李舱那里一定很挤，很不舒服。我要向航空公司投诉，投诉他们歧视我的朋友。"

积听了很惊讶，说："啊，这太不可思议了！怎么可以这样对待你的朋友呢！"

晓星遇到支持者，高兴极了："积哥哥，你认同我的意见？噢，真是太好了。"

小岚横了晓星一眼，说："这不是歧视，是因为你的朋友太不注意卫生，常常随地大小便，而且吃东西时产生的分贝太高。"

两个外国人听了都很讶异，那阿姨说："啊，你的朋友怎么会这样子？这样可不是做人起码要有的文明行为啊！"

晓晴说："因为他的朋友不是人。"

积诧异地说："哦，不不不，小妹妹，这指控太严重了。"

小岚说："一点儿不严重，他的朋友真的不是人。"

她随手拿过晓星手上的手机，给积和他的母亲看："看，这屏幕上的就是他朋友的照片。"

年轻人一看，不禁哈哈大笑起来。那阿姨伸过头去瞅瞅，也忍不住抿嘴笑了。

原来，那上面的照片是一头粉红色的宠物小香猪！

幸好这时候空姐送餐牌来了，这才让晓星忘了因笨笨而引起的小小不开心，马上变得兴致勃勃的。他急忙凑上去问空姐："姐姐，有什么好吃的？"

空姐笑眯眯地递上餐牌："很多呢！请你挑选，即点即做。威尼斯煎鳕鱼、法式酒酿鸡、芝士浓酱拌意大利

粉、香草猪扒……"

晓星这时听不得个"猪"字，忙摇手说："不要，不要，我不要吃猪扒！"

所有人都笑得人仰马翻，弄得送餐牌的空中小姐莫名其妙的。

为了不伤害晓星的弱小心灵，舱里所有人都没有点猪扒，这让晓星感激得直朝他们打躬作揖。

吃完饭，大家天南地北聊了起来。原来那母子俩是去白术国旅行的，他们乘坐的航班中途会停白术国呢！

因为小岚出门在外都不愿表露身份，所以三人只自我介绍是出来旅行的中国香港学生。

聊了一会儿，阿姨面有倦色，一连打了几个哈欠。积对小岚他们说："我妈妈昨晚睡得不好，我们早点儿休息了。晚安！"

小岚说："好的，阿姨，晚安！积，晚安！"

积拿起遥控器，帮母亲把座椅靠背放下，座位马上成了一张舒适的单人床。服侍母亲舒服地睡好后，积自己也随即躺下，闭目休息。

不一会儿，就听到那俩母子发出了轻微的鼻鼾声。

小岚他们不想吵着他们，便都安静地用耳机听音乐或

看电视，到了十一点多，三个人又悄悄互道了"晚安"，然后睡下了。

半夜里，小岚被一些奇怪的声音弄醒了。小岚睁开眼睛，凝神听了听，听到从左边位置传来奇怪的声音，像是有人在用指甲抓什么东西，又听到几声呻吟，接着又没声了。

是积和他妈妈其中一个在做噩梦，这是小岚最早的想法。但她又好像觉得有什么不对劲，于是，她起身走到左边，看看发生了什么事。

她马上吓了一跳——微弱的灯光下，积的妈妈软软地瘫在床上，一只手捂住自己胸口，一只手软软地垂了下来。

不好！小岚大吃一惊，她一边按亮大灯，一边叫醒那年轻人："积，你醒醒，快醒醒！"

积醒了，他用手揉着眼睛，问："什么事？"

小岚说："积，快看看你妈妈！"

积一见母亲那样子，吓得大喊："妈妈，妈妈！天哪，她一定是心脏病发了。"

小岚把头靠在阿姨胸口，听了听，又用手在阿姨鼻子下面试试，紧张地说："不好，没了心跳和呼吸！得马上

抢救。"

"天哪，天哪！那怎么办？"积马上慌了手脚。

小岚却显得异常镇静。她马上解开阿姨领口的扣子，将右手的中指对着她颈部下方的凹陷处，手掌贴在胸廓正中，左手压在右手上，两臂伸直向下，一下一下地做起心外压来。按了一会儿，她又给阿姨做人工呼吸。

晓晴和晓星也醒了，空姐也来了，见到眼前情景，都慌了手脚。特别是晓晴，用手捂着张大的嘴巴，拼命压抑着快要冲口而出的惊叫。见小岚在镇静地抢救病人，他们才努力按捺着惊慌，站在阿姨床边，使劲地握着拳头，给小岚鼓劲。

就这样，重复按压、做人工呼吸，小岚累得额头上流下豆大的汗珠，但她仍然坚持着。就这样抢救了三四分钟，小岚又把头靠在阿姨心脏位置，细心地听着。

"怎么样？"站在旁边的三个人异口同声地问。

小岚摇摇头。

积腿一软，一下子跪倒在母亲床前；晓晴和晓星交换了一下惊慌的眼神，眼泪快流出来了。

小岚眼里透出坚定，她俯下身子，继续为阿姨做心外压和人工呼吸。由于紧张和疲累，她有点儿吃不消了，脸

色变得苍白，但她仍然坚持着。

又过了一会儿，小岚停下手，又去听阿姨的心音，所有人都紧张地看着她。听着听着，小岚脸上露出了笑容，她站了起来，欣喜地说："有心跳了！"

"妈妈！妈妈！"积拉着母亲的一只手，流着泪喊着。

过了一会儿，阿姨眼皮动了动，慢慢睁开了眼睛："儿子，你怎么了？"

积哭着说："您刚才心脏病发了，我差点儿没了妈妈。"

阿姨问："是谁救了我？"

积用感激的眼光看着小岚，说："妈妈，是她，是她！"

阿姨看着小岚，说："谢谢你。啊，孩子，叫我怎么感激你好呢？"

小岚微笑着说："阿姨，小事而已，不足挂齿。"

阿姨说："多么漂亮又善良的孩子，愿上天保佑你永远幸福快乐。"

小岚说："谢谢阿姨！您还是好好休息，别多说话了。"

　　小岚细心地给阿姨盖好被子，阿姨含着笑，合上了眼睛。

　　积对小岚说："真太感谢你了，可以告诉我你的名字吗？"

　　小岚并不想得到什么报答，也不想暴露身份，便随口说："我叫安琪。"

　　"安琪！啊，真是人如其名，你真是一位救苦救难的小天使啊！"

　　小岚笑着说："过奖了，我只是做了一件应该做的事。"

　　她又说："积哥哥，你妈妈有心脏病，我建议你学学这种病的急救方法，万一以后再有什么事，你也可以第一时间救你妈妈。"

　　积忙点头说："好，好。那就请你教教我，好不好？"

　　小岚说："好啊！不过，我得先找个人来示范一下。"

　　她回身看看晓星，说："你来。"

　　晓星急忙摇头，说："我不要，我怕痒痒！"

　　小岚说："乖，帮帮积哥哥的忙。"

晓星只好嘟着嘴"嗯"了一声。

积把一张椅子放平，让晓星躺了上去。小岚在旁边指点着，让积在晓星身上练习。谁知道积的手一挨上晓星的胸口，晓星就"咻咻"地笑个不停，身子拼命地扭来扭去，弄得大家都忍不住笑了。

小岚恐吓他："再动我们就一起'胳肢'你，那你就死得更惨！"

晓星最怕"胳肢"，只好一边龇牙咧嘴的，一边又拼命忍着不动，让积在他身上揉面团似的按压着。幸亏积很聪明，十几分钟便学会了按压胸部及人工呼吸，晓星才脱了身。

第2章
女王驾到

　　飞机在白术国降落之后，又继续起飞了。积和他妈妈下机时，一再感谢小岚的救命之恩。而小岚则叮嘱积，立即带妈妈到医院检查一下，看看要不要再作治疗。

　　离开白术国几个小时后，飞机就到了乌莎努尔。万卡早派了他的秘书西文在机场等候，把小岚等一行人接回了王宫。

　　西文对小岚说："公主殿下，国王让我转告您，他今天白天要参加国会会议，晚饭时才能见面。"

　　"嗯。"小岚应了一声，又问，"国王的姨婆接来了吗？"

西文说："接来了，比你们早到两个小时。"

小岚说："好，那你忙去吧！"

这时，嫣明苑的侍女已在管家玛娅的带领下，排成两列站在大门口迎接公主旅行归来。小岚见了便说："玛娅，又搞这些繁文缛节干什么！"

玛娅笑道："不是啊，大家一段时间没见公主，都很挂念您，所以都想第一时间见到公主，我就让她们排好队等在这里。有什么要帮忙拿进去的？"

小岚说："也没什么东西，就几个旅行箱子，还有装着晓星朋友的笼子……"

所有人的眼光全射向那只细铁丝织成的笼子。笼子里的小香猪笨笨一下子被这么多美女注视，心里很得意，便仰着头威风地嘶叫起来。

排列整齐的侍女队伍马上溃不成军，大家争先恐后拥过去看小香猪："啊，好可爱啊！"

晓星见自己的朋友这样受欢迎，得意地说："给你们隆重介绍我的好朋友，身份尊贵、活泼可爱、聪明伶俐、能吃能睡、珠圆玉润、世间罕有、人见人爱、花见花开……"

有个侍女打断他的话："晓星少爷，您的介绍词太长了，我们记不住，能简单点儿吗？"

晓星清了清嗓子，又说："很长吗？噢，简单点儿。现在隆重介绍我的好朋友，聪明伶俐、珠圆玉润……"

晓晴不耐烦了，插嘴说："它叫笨笨！"

晓星说："不，聪聪！"

但他的声音已经被侍女们的叫声淹没了，大家都围着小香猪喊：

"笨笨，这名字真好听！"

"笨笨，笨笨，你好吗？"

"笨笨，你饿不饿，你喜欢吃什么？"

"……"

晓星被侍女们挤了出来，嘟着嘴生气。

小岚和晓晴两人哈哈笑着，拉着旅行箱分别回自己房间去了。

昨晚因为飞机上的阿姨心脏病发，小岚没睡好，想好好补一补觉。她洗了个澡，吩咐玛娅："我想休息一下，今天五点前，别让晓星进来烦我。"

玛娅说："是，公主。"

小岚倒头便睡，到醒来时，已是接近五点了。

玛娅走了进来，微笑着说："公主，您醒了。刚才万

卡国王趁着会议小休，赶过来看您呢！见您睡熟了，没有惊动您。"

"是吗？"小岚一听笑得好温柔。

只有在提到万卡的时候，她的脸上才会出现这样的笑。

玛娅又说："还有晓星少爷带着小香猪也来过，他说想邀您一起训练笨笨用后腿走路，我让他先自己玩去了。"

小岚"嗯"了一声，说："我等会儿出去跑步。到晚饭时间，我会自己去饭厅的，你不用叫人喊我。"

玛娅说："噢，差点儿忘了，今天的晚饭时间比平时提早一小时，即六点钟开始。"

小岚奇怪地问："为什么？"

玛娅说："听说是国王的姨婆，即女王吩咐的。她在自己家是六点钟吃晚饭的。"

俗话说"客随主便"，这姨婆可是一点儿不客气。

小岚又问："你刚才说'女王'，姨婆是某个国家的女王吗？"

玛娅说："据说是。不过我也是听说的，不是很清楚。"

小岚心想，看来又是个传奇故事，突然冒出来的姨婆，还是个女王！

小岚边想着，边走出了嫣明苑。

太阳已西斜，金色的光芒照耀着大地，让王宫里的一切看上去都金灿灿的，像涂上了一层金子。

小岚信步走着，偶尔碰到巡逻的卫兵朝她鞠躬，她都微笑着点头回礼。转眼到了月影湖，小岚便沿着湖边跑起步来。

跑了半小时，觉得有点儿累了，小岚擦擦汗，挑了一张浓荫下的石凳坐下来。石凳旁边有一棵枝叶茂盛的大树，前面是半人高的灌木丛。坐这里有个好处，就是可以清楚地看到外面，而外面的人要很细心才能看见她。她不想那些卫兵见了自己老是鞠躬，那多累啊！

几个人从花园大道走了过来，前面走着的是一个样貌英俊的年轻人，后面跟着两个像是仆人的男人。

这年轻人是谁？很面生，应该从来没见过。

那年轻人走着走着，在离小岚五六步远的地方站住了。只见他低下头，看看自己松开了的鞋带，又扭转身子指了指身后一个仆人，说了一声什么，那仆人马上深深地弯下腰。

小岚正奇怪，不知他们要干什么。只见年轻人抬起那只鞋带松了的脚，一下踏在仆人背上，然后系起鞋带来。

小岚顿时气坏了。这是什么人？仆人也是人啊，怎可以这样对待他们！

她腾地站起身，走了过去，大喝一声："放下你的脚！"

那年轻人吓了一跳，赶紧把脚放下。那仆人背上早已被他踩了一个大大的鞋印。

小岚见了更生气了："你身残还是脑残？连弯个腰都不行，要把脚搁在别人背上？你知不知道这是对别人极大的不尊重！"

"你是谁？敢这么大声跟我说话。"那年轻人很惊讶地看着小岚，"我一向都这样啊，从来没有人告诉我这样子有什么不好。"

小岚说："从来没有人告诉你，那就由我来告诉你好了。仆人也是人，也要善待，也得尊重，以后不可以再这样做。"

年轻人说："哦，是这样吗？有意思，有意思。你可是第一个敢这样跟我说话的人呢！侠女，你叫什么名字？"

小岚扭头就走："你不是说了吗，我叫侠女。"

年轻人在背后大喊："侠女，再见！"

小岚心想："谁跟你再见！被惯坏了的纨绔子弟，但愿不再见到你！"

年轻人笑嘻嘻地看着小岚的背影："哈哈，这女孩真有趣，又漂亮又有性格！"

这时，那仆人又弯下腰，想让他继续系鞋带。年轻人说："不用了，就按那侠女说的办，我自己可以弯下腰系的。"

他又看看仆人的背："哦，原来真的有个鞋印呢！你怎么不告诉我。以后，踩你背上系鞋带的规矩废除了。"

仆人说："谢谢王子殿下！"

小岚回到嫣明苑，洗过澡，换了衣服，便前往饭厅。第一天跟女王姨婆吃饭，可不能迟到啊，她是长辈，得尊重她。

到了饭厅，已是六点整了。她发现平常摆放四张椅子的长饭桌旁边，放上了七张椅子。小岚心想，今天一块儿吃饭的客人除了女王姨婆外，还有谁呢？

晓晴、晓星已经到了，他俩并不像平日那样坐在自己位置上等，而是呆呆地坐在旁边沙发上，眼里满是疑惑。

小岚一看，饭厅跟平日大不相同。平日只有两名侍女侍候主人吃饭，今天却多了几倍，有十几个。连平日只是偶尔进来张罗一下的管家米其，也跟女仆们一样，笔直地站在一旁。饭厅里平时只摆放一些绿叶植物，今天却四周放满鲜花，令屋子里花香扑鼻……

小岚刚想问米其，却听到饭厅外面一阵脚步声，来人大声喊着："小岚，小岚来了吗？"

来者正是乌莎努尔的年轻国王万卡！

万卡一见小岚，便张开双臂把她紧紧抱住："小岚，小岚，好想你啊！"

小岚说："万卡哥哥，我也很想你啊！"

晓星见万卡抱着小岚不放，便拉拉万卡的衣服下摆，说："万卡哥哥，轮到我了，我也要你抱抱！"

万卡这才放开小岚。晓星正想上前，没想到晓晴奇兵突袭，从旁边插进来，一把抱住万卡。晓星生气地嚷道："姐姐你真坏，连抱抱都跟我抢！"

晓晴嘻嘻笑着，朝他扮了个鬼脸。

"别生气，哥哥抱，哥哥抱！"万卡放开晓晴，一把将晓星整个人抱起来，"哇哇，晓星这次去旅行一定又吃了很多好东西。看，又重了！"

晓晴说："万卡哥哥，你说对了，他简直是个垃圾桶，什么都可以往里面塞！"

晓星没理会晓晴，跟万卡撒娇说："万卡哥哥，你怎么总那么忙，回来一天都没看到你。我想给你介绍我的一个新朋友呢！"

万卡把晓星放下来，说："新朋友等会儿再介绍，因为姨婆就要到了，我先跟你们说说今天座位的安排。我仍然坐主位，小岚坐我左手边第一个位子，接着是晓晴、晓星。姨婆坐我右边，接着是她的孙子和孙女。"

小岚扬起眉毛："哦，原来今天来的不只姨婆一个人，还有她的孙子、孙女！"

万卡说："是啊。姨婆开完会就回国去了，安排好国内事务，便带上她的孙子、孙女来了。我也没见过这两个表弟、表妹呢！"

晓星说："哇，万卡哥哥，你一下子多了好多亲戚呢！万卡哥哥，我以前怎么没听说你有姨婆？"

万卡说："这事很复杂呢！有时间再慢慢说给你们听。"

晓晴偏偏忍不住八卦："听说姨婆是一位女王，真的吗？她是哪一国的女王？"

万卡说："对，姨婆是女王，是丹参国的西利女王。"

晓晴睁大眼睛："哇，原来姨婆真的是个女王！丹参国？我知道这个国家。这国家不算大，但是很漂亮。噢，我们以后可以去探望女王姨婆，顺便去丹参国玩了！"

晓星眼睛骨碌碌地环视了饭厅一周，说："万卡哥哥，我发现今天餐厅比起平日起码有十处不同。第一，多了好多侍候的姐姐；第二，连米其伯伯也来了；第三，放了好多好多花；第四，餐具全都换过了，饭桌和椅子也换过了……"

万卡说："是姨婆吩咐的，她想一切按她在国内时的规矩来。"

"中国人不是常说'入乡随俗''客随主便'的吗？女王姨婆也太……"晓晴突然发觉失言，赶紧捂住嘴巴，"噢，对不起，当我没说过。"

"哈哈，就因为姨婆不是中国人嘛！"小岚笑着说，"姨婆是长辈，万卡哥哥是小辈，姨婆这样做也很自然。"

正说着，听到由远而近传来一声接一声吆喝："女王驾到——女王驾到——女王驾到——"

　　几个孩子都一脸讶异，来吃个饭也得这样隆重吗？国王万卡进来时也没有这样张扬啊！

　　"这也是姨婆的规矩呢！"万卡倒是一点儿不介意，他笑着站了起来，迎向门口。

　　小岚几个人也赶紧站起来，跟在万卡后面。大家都盯着门口，看看进来的女王姨婆究竟怎么个威风样子。

第3章
刁蛮公主

有人进来了，大家一看，马上就知道不是女王。为什么？很简单，因为那是个男的。

只见那人立正，大声说："女王驾到——"

这昂首阔步走进来的人果然很有女王派头啊！只见她年约六十岁，虽然脸上已经出现细碎的皱纹，但那精致的五官仍给她加了很多分。微向内凹的大眼睛不怒而威，鼻子下面两道法令纹，更令她平添许多威严；她个子高挑，肩阔腰细；她下巴微微上扬，给人一种居高临下的感觉。

女王姨婆身后跟着一对少年男女，也是气派不凡、目空一切，跟他们的祖母一个样。

小岚一下认出了少年，真见鬼，怎么他是女王姨婆的孙子。

万卡上前给女王姨婆鞠了一躬："姨婆，对不起，今天有个紧急会议要开，没能去机场接您，请原谅。"

女王姨婆说："国家大事重要，姨婆不怪你。"

"谢谢姨婆。"万卡给女王姨婆介绍，"这是小岚公主。"

"姨婆好！"小岚上前恭恭敬敬地给姨婆鞠了一躬。

女王姨婆眉头微皱，用傲慢又挑剔的目光把小岚上下打量着。这屋子里的人除了身高一米八几的万卡之外，就只有身高近一米七的小岚能跟女王平视了。小岚被她打量得浑身不自在。

女王姨婆好一会儿才收回目光，说："麻雀变凤凰的事，我以为只是传说故事中才会有，没想到真见到了。小姑娘，从平民到公主，你真是前世修来的福啊！"

小岚想，这话很刺耳啊！但她仍让自己记得，要尊重长辈。所以她只是保持微笑，没答话。

万卡在一旁却忍不住了，说："姨婆，恕我直言，请不要用麻雀变凤凰来比喻小岚。不管是平民身份还是公主身份，她都是美丽的凤凰。"

晓星也忍不住插了一句："是啊，小岚姐姐是世界第一公主呢！"

女王姨婆说："那不代表什么。我的海伦没有参加选举而已，要是她参加，谁敢与她争锋！"

她转过身，牵着那少女的手，炫耀地说："看，这才是真正的世界公主。海伦，我的宝贝孙女。"

海伦公主真让人有眼前一亮的感觉。她的确长得很美，一头秀发如瀑布般披在肩上，鹅蛋脸润泽发亮，一双美丽的眼睛顾盼生辉、摄人心魄。但是，她高傲的神情，却给人一种生人勿近的感觉。

晓星跟晓晴小声嘀咕："没有小岚姐姐好看！"

女王姨婆一脸钟爱地看着小孙女："海伦，这就是我跟你提过的年轻有为的万卡表哥。"

海伦向万卡行了屈膝礼，说："表哥好！"

"表妹好！"万卡点头微笑。

海伦用秀美的眼睛目不转睛地看着万卡，说："早就听闻表哥是当今最年轻英俊又最有魄力的国王，今日一见，果然名不虚传。我有这样一个表哥，真是十分荣幸。"

"那你以后就多找表哥聊天，好好地向你表哥讨

教。"女王姨婆满脸笑容地看看万卡，又看看海伦公主，"你们俩站在一块儿好相配啊，一个帅，一个美，真是一对血统高贵的金童玉女！"

晓晴在小岚耳边说："'司马昭之心，路人皆知'，看来女王想怂恿她的宝贝孙女横刀夺爱呢！你要小心。"

小岚撇撇嘴："她喜欢，尽管拿去。"

晓晴狡黠地笑着："呵呵，真的吗？"

这时，女王姨婆又牵出她身后的少年："这是我孙子，查里王子，丹参国未来的国王。"

查里笑嘻嘻地跟万卡握手，说："原来我有这么一位大国君主的表哥，幸会幸会！"

他又转过身，主动朝小岚伸出手："我终于知道侠女的真正名字了。小岚，很高兴认识你！"

小岚礼貌性地跟他握了握手，心想，二世祖，我可一点儿不高兴认识你。

女王姨婆好像才发现晓晴姐弟，皱了皱眉，问万卡："他们是谁呀？"

万卡说："刚才还没来得及介绍，姨婆，他们是晓星、晓晴，是我和小岚的好朋友。"

女王姨婆好像一脸不高兴："今天不是说好了是家宴

吗？"

"是呀。我们平常就像一家人一样，都是一块儿吃饭的，今天当然少不了他们了。姨婆，您也饿了吧，请就座吧！"万卡说着，牵着女王姨婆的手，恭敬地带她入座。

女王显得很勉强地坐下了。海伦一脸不屑地看了看小岚他们几个，也坐下了。查里倒是显得一副无所谓的样子，笑嘻嘻地坐下了。

晓晴在小岚耳边说："我不喜欢女王姨婆和她的孙女。查里王子嘛，还可以！"

小岚耸耸鼻子："他可以？哼！"

这时，米其管家打了个手势，侍女们开始忙碌起来，给每人端上前菜。

饭桌上气氛怪怪的。万卡跟女王姨婆的闲话家常算是最正常了；查里没话找话地逗小岚说话，小岚礼貌但敷衍地回应；海伦时不时娇滴滴地跟女王姨婆撒娇，挑剔某道菜的不合口味；晓晴跟晓星之前被女王姨婆嫌弃，一肚子不开心，只是一声不吭地吃东西。

小岚瞥见晓星老是看桌子底下，心想这家伙真古怪，便悄悄撩起桌布往桌子下面瞧。天呀，有个家伙正蹲在地上，尽情地享受着一块鸡扒。

原来晓星偷偷把笨笨带来了。

晓星又偷偷扔给笨笨一块红萝卜。笨笨这个见异思迁的家伙，扔下鸡扒就扑向红萝卜，看来这红色的爽脆食物更令它心仪，它张嘴就咬，发出响亮的"嗦嗦嗦"的声音。

整个饭厅的人都听到了，大家停下了手里的刀叉。

女王姨婆发现声音是从桌子左边发出的，一脸鄙视地说："你们平民孩子注意点儿形象好不好，吃饭别发出这么大的响声。"

小岚说："谁呀？"

晓晴说："不是我！"

晓星也说："也不是我！"

小岚说："报告姨婆，这声音不是我们平民孩子发出的。"

"不是你们，那难道是我们吗？我们才不会这样没教养。"海伦公主停下正要放进嘴里的鱼块，撇撇嘴说。没想到一个不小心，鱼块掉了，正好落在她的脚背上。

眼尖的笨笨，见到有新东西掉下，又扔下嘴里的红萝卜，以迅雷不及掩耳的速度往海伦公主的脚直扑过去。

"啊，我的妈呀！"海伦尖叫一声，一下跳上了椅

子，"桌子下面有东西，有东西！"

笨笨可能被海伦的尖叫声吓着了，慌忙找地方逃窜，顺势一跳，跳到了坐在海伦旁边的女王姨婆的膝盖上。女王姨婆没提防，吓得"哇"一声站了起来，笨笨就势跳上了桌面。

饭桌上出现一头小猪，这简直太震撼了，所有人的目光都落在笨笨身上。海伦吓得跳下椅子，躲在她祖母背后。女王姨婆毕竟久经沙场，不可能被一头小香猪吓倒，她定了定神，现出一脸怒气。

笨笨知道自己闯祸了，可怜巴巴地趴在桌上，缩着身子、垂着脑袋，就像一个做了错事的小孩子。

"哪里来的小猪？竟然带到饭厅来了！"女王姨婆怒气冲冲地说，"你们不知道海伦怕小动物吗？不知道我们国家因此有了一条法律，不准养宠物吗？"

晓星嗫嗫嚅嚅地说："是……是我带来的。我本来想把它介绍给万卡哥哥的嘛，一直没机会，就让它先藏在桌子底下了。没想到它不乖，吓着了海伦姐姐。"

万卡忙说："姨婆，您别生气，我们都不知道海伦怕小动物呢！晓星，快给海伦姐姐道歉。"

"海伦姐姐，真对不起。笨笨不听话，我回去会罚它

的。”晓星看了看吓得一动不敢动的笨笨，又说，“海伦姐姐，笨笨把你吓到了，你也把笨笨吓到了，我想就算打平了吧，好不好？”

“你……你竟然把一头猪跟我相提并论，真是太岂有此理了。”海伦把餐巾使劲往桌上一扔，说，“祖母，我很生气，我不吃了，我回房间去！”

“海伦，我的心肝宝贝，不吃饭怎么行。”女王瞪了晓星一眼，说，“还不把这小蠢猪拿走。”

“笨笨一点儿不蠢呢！”晓星嘀咕着，伸手把笨笨抱了起来。

女王姨婆哄着海伦：“宝贝，快坐下来，坐下来。”

海伦一副受了天大委屈的样子，嘴巴噘得高高的，勉强坐了下来。

晓星说：“海伦姐姐，真对不起，我不知道你会生气。我在小岚姐姐、晓晴姐姐面前也是常常乱说话，她们从来不生我气……”

晓星还想讲什么，却被坐在旁边的晓晴一把捂住了嘴巴。这家伙，说多错多。

果然，海伦一听，气得又从椅子上弹了起来：“你说什么？她们都不生气，就我生气，那你分明是说我小气！

祖母，祖母，您快替我教训他！"

小岚忙说："海伦，你别介意，晓星他平时随便惯了，口没遮拦的，但他绝对是有口无心。"

万卡也说："表妹，晓星还小，你别怪他。"

海伦哼了一声："好吧，看在表哥的份上，我就饶恕你吧！以后管好你的嘴，还有管好你的猪。"

"海伦姐姐，我有个提议，不如，你试着跟笨笨交朋友吧！它其实很可爱的，不如你试试摸摸它，来，摸摸它，它会喜欢你的。"偏偏晓星不服气，他不允许有人不喜欢他的朋友，他抱着笨笨跑到海伦跟前，把笨笨塞到她怀里。

"啊，快把它拿开，快！"海伦尖叫着跑出了饭厅，"我受不了了，受不了了！"

第4章
月下琴声

晚上，小岚按照跟万卡约好的时间，来到了月影湖边。

远远的，见到映月亭里有个人倚着柱子，静静地看着天上一轮明月。从那修长匀称的身影，小岚就知道他是万卡了。

小岚悄悄走到他身后，用手捂住他的眼睛。

万卡没有动，只是抓住她一只手，一把将她拉到面前："哈哈，想暗算乌莎努尔的国王，没那么容易！"

小岚笑着说："岂敢！我怎敢暗算人家的表哥，当今最年轻英俊又最有魄力的国王呀！"

万卡伸手在小岚脑门上敲了一下："小丫头，你话中有话。"

小岚大笑："你不觉得，人家的表妹很喜欢她的表哥吗？"

万卡说："她没机会了，她的表哥已经有自己喜欢的女孩了，再没有人能走进他的心里了。"

小岚狡猾地笑着："真的吗？人家的表妹可是又美丽又高贵啊！"

万卡拉起小岚的手，一脸温柔地看着她的眼睛，说："在我心中，我爱的女孩才是最漂亮、最高贵的。"

小岚说："是吗？那女孩真有这么好吗？"

万卡伸手轻轻地撩起小岚额前一缕乱发，说："不是好，是极好。她美丽、聪明、善良、活泼、可爱，反正，世界上没有比她再好的女孩子了。所以，我要把她紧紧地抓在手心，不会放她走的。"

小岚说："那女孩好幸福啊！"

万卡说："不，我更幸福。"

小岚抬起眼睛，看着万卡那张俊秀得令人怦然心动的脸，那双藏了很多柔情的眼睛，突然心中如小鹿乱撞。"天下事难不倒"的马小岚突然害羞起来，她一把推开万

卡，跑出了映月亭。

万卡迈开大步追上去，一把拉住她的手，小岚拼命甩拼命甩，想甩开万卡的手，但是都不成功。万卡笑道："想甩掉我？没那么容易，你这辈子都逃不出我的手掌心了。"

小岚说："好，我不跑，我一辈子缠着你，缠死你！"

万卡乐呵呵地说："好啊，我巴不得呢！"

两个人手拉手，在湖边漫步。

小岚说："万卡哥哥，你不是说要给我讲有关姨婆的事吗？怎么以前没听你提过有一个女王姨婆？"

万卡说："我之前也不知道有这么一个姨婆存在，是这次参加世界首脑会议，姨婆来找我，表露身份，我才知道我祖母还有这样一个姐姐。你也知道我的情况，自小在孤儿院长大，什么亲人都没见过，连自己的家族史都只能从史册以及别人口中知道，所以很多细节都不清楚。从姨婆口中，我才知道我的外曾祖父是丹参国的皇室宗亲，生有两个女儿。大女儿因为当时的丹参国王没有子女，在国王去世后继位当了女王。二女儿嫁到乌莎努尔做了皇后，就是我祖母。所以，这位女王是世上唯一与我有血缘关系

的亲人。"

小岚说:"原来是这样!"

万卡说:"我一直以为自己连半个亲戚都没有,没想到现在突然出现了一个姨婆,我是多么高兴啊!所以,我赶紧认下了这门亲戚,又邀请姨婆跟她的家人来做客。"

小岚说:"我很明白你珍惜亲情的心情,所以,虽然姨婆对我和晓晴、晓星不友善,我都忍了。"

万卡说:"小岚,真对不起。一直以来,你都是个天之骄女,没有人不喜欢你,没有人敢欺负你,你眼中向来容不得半粒沙子。但是,对姨婆和海伦的不友好态度,你却表现得如此宽容和大度,我真是感谢你。"

小岚说:"姨婆是长辈,我肯定会尊重的。但对海伦和查里,要是他们再有过分行为,我忍受不住,也可能会随时来个大爆发哦。你知道我今天看见了什么吗?"

小岚把查里将脚踏在仆人背上系鞋带的事说了。

万卡说:"是很过分。不过他们只是在这里做客几天,我们也很难改变他们什么,希望他们会慢慢懂事起来吧!"

小岚说:"好吧,我就看在是你亲戚的份上,让他们一下,把他们当不懂事的小朋友好了。"

万卡说："小岚真懂事！对了，我想跟你说，明天晚上，我准备为姨婆他们开一个欢迎舞会，你不介意吧？"

小岚说："不介意！"

两个人走着走着，不知不觉又绕回了映月亭，他们走进亭子，在石凳上坐了下来。夜，好宁静啊，只听到草丛中偶然传来一两声小虫的鸣叫。小岚靠在万卡肩上，看着辽阔的夜空里熠熠生光的星星，看着星空下波光粼粼的湖水，心情好极了。

"铃……"万卡的手机突然响了，他从裤袋里掏出手机接听，"哦，快递到了吗？太好了，马上送来给我，我在映月亭。"

万卡挂了电话，对小岚说："我有一件礼物要送给你。刚刚快递到了，我让秘书西文马上送到这里来。你先猜猜，会是什么？"

"有礼物收？嘻嘻，太好了！"小岚眼珠转了转，"会是什么呢？哦，我知道了，是最新款的手机！"

"不是，你再猜！"

"嗯，是……是最先进的头戴式电脑！"

"也不是，再猜！"

"好难猜啊！哦，我明白了，是一头猪或者一只鸟龟、一条怪鱼什么的。"

万卡笑了起来："好啊！你这个小丫头，竟然把我想得跟晓星一样幼稚了！"

这时，一辆小房车悄然无声地开了过来，在离映月亭几米远的地方停住了。万卡的秘书西文下了车，对万卡鞠了一躬，说："国王陛下，东西送来了。"

万卡说："好，拿过来给我。"

西文秘书从车后座小心翼翼地拿下来一个长方形的盒子，又小心地捧着进了亭子，轻轻放在亭子中间那张石桌上。他分别朝万卡和小岚鞠了个躬，便离开了。

小岚见那盒子窄窄的，长约一米多，便说："噢，我知道了，是电子琴。"

万卡哈哈一笑，说："笨，还是没猜着。"

小岚顿脚说："你才笨！我不猜了，你快给我打开看看。"

万卡说："遵命，公主殿下。"

万卡拆掉包在盒子外边的透明薄膜，然后打开盖子。小岚一看，马上惊喜地喊了起来："啊，真漂亮！"

盒子里静静地躺着一把造型优美、古色古香的古琴。

万卡轻轻地把古琴从盒子里拿出来，放在石桌上。

小岚看着古琴，心情激动。这是一把真正的伏羲式古琴——"九霄环佩"啊！她细细地审视着琴的漆面，看到了上面有着因年代久远、长期演奏而形成的断纹——梅花断。

小岚知道，有断纹的琴，不但外表美观，而且琴音透彻，是难得一见的名琴。小岚激动得连呼吸也急促起来，保持完好无缺的古琴存世量稀少，能看一眼已不容易，没想到它竟然可以属于自己所有。

小岚看着万卡，说："万卡哥哥，你说的是真的吗？这真是给我的礼物吗？"

万卡微笑着点了点头。

小岚说："让我怎么感谢你好呢，谢谢你，一万个谢谢！"

"不用谢，你喜欢就好。"万卡说，"自从上次在中国香港红馆听过你演奏古琴后，一直难以忘怀，很想给你寻找一把跟'翠岭遗音'一样好的古琴，作为礼物送给你。我每次到中国都会发放信息，寻找好古琴。结果世界首脑会议期间，我接到一个消息，在中国贵州有一位叫解进的古稀老人，家里就藏有这样一件家传之宝。"

小岚吓了一跳："解缙？"

她想起了穿越时空回到明朝时见过的那位大才子。

万卡知道她在想什么，笑说："不是明代神童解缙，是解进，进步的进。"

万卡又说："会议结束后，我特地飞去贵州，找解进老人买琴。这位解进老伯伯是个独居老人，开始时他怎么也不肯把琴卖给我，说是传家宝不能卖。后来我拿出手机，把你之前表演弹古琴的录像放给他看了。那老伯伯看得很仔细，听得很认真，一边听一边频频点头，说你是可造之才、识琴之人，他看完录像二话不说就答应把琴给我。但他说其实他舍不得这把古琴，想再留几日，算是与琴作别，然后再由快递送来乌莎努尔。"

小岚感动地说："谢谢你，万卡哥哥，谢谢你千辛万苦为我寻找古琴。那位解进老伯伯真好，竟然肯割爱，让出这么好的琴。"

万卡说："那的确是一位令人敬重的老人。因为我知道名贵古琴是无价之宝，所以开出一张空白的支票，让老伯伯自己把金额填上去。没想到，老伯伯把支票还给我，说自己年纪大了，又没有孩子，古琴早晚都会落入别人手中，与其遭俗人亵渎，成为牟利的工具，倒不如送给真正懂它的人。所以他说，这古琴他不要钱，就送给你了。"

小岚眼睛睁得大大的："啊，这老伯伯真是一位遗世高人啊！这把琴起码值几千万呢！"

万卡说："对。不过，也跟你的个人魅力很有关系啊！你以你的琴声、你的风采感动了老伯伯。"

小岚有点儿脸红："啊，我真有那么好吗？"

万卡深情地看着她："真有那么好！"

小岚脸上绽开了美丽的笑容："谢谢万卡哥哥。我想现在就为你和老伯伯弹奏一首曲子。"

万卡说："这正是我希望的。"

小岚说："我就弹一首《平沙落雁》吧！"

万卡点点头："好！中国十大名曲之一《平沙落雁》，我喜欢！"

小岚在琴前坐好，捋起袖子，凝神片刻，细长灵活的手指开始轻拨琴弦。

果然是一把好琴！音色纯美，音质均匀，共鸣效果极佳。只听得一连串美妙的琴声从小岚手中流泻而出，曲调悠扬流畅，通过时隐时现的雁鸣，使人仿佛看见雁儿降落前在空中盘旋顾盼的情景。

一曲终了，余音绕梁，两人仍沉浸在古乐韵美妙的氛围里。万卡黑色深潭一样的眸子望着小岚，藏着说不尽的

赞美。

突然，一阵手机铃声打断了两人的雅兴，原来是万卡的手机响了。万卡不想打断这美妙的气氛，把铃声按停了，没想到，手机铃声马上又响起来。小岚转过头，笑着说："万卡哥哥，还是接听吧，万一有要紧事呢！"

万卡无奈，只好掏出手机，一看，说："是海伦表妹。"

小岚说："噢，是刁蛮公主。快听吧！"

万卡接听电话："喂，海伦表妹吗？什么事？姨婆要我现在去你们下榻的嫣宁苑？这个……"

他看了看小岚，有点儿犹豫。

小岚笑了，小声说："没关系。去吧，去吧！"

万卡无奈地笑笑，然后对电话那边的海伦说："好，我就过去。"

万卡放下电话，说："小岚，真对不起！"

小岚说："没关系啊，你去吧！我想在这里再弹一会儿琴。"

万卡说："好，我让西文秘书在这附近等候。你什么时候想回去了，就喊一声，他会听到的。他会帮你把琴送回嫣明苑的。"

　　万卡说完，在小岚前额轻轻吻了一下，离开了。

　　小岚看着万卡挺拔的身影消失在黑夜里，心一动，便随手弹起了另一首古典名曲《凤求凰》。

　　那委婉动听的琴声在湖面飘荡，犹如天籁之音。一曲既终，小岚仍静静坐着，似在聆听那袅袅余音。

　　忽然，听到几下掌声，有人走进了亭子，那人笑着说："好曲，妙琴，美人！"

　　小岚一看，是查里王子。

　　小岚不屑地说："你也懂古琴？"

　　查里说："我听过这曲子，叫《凤求凰》嘛，对不对？顾名思义，不就是女孩子渴望得到男孩子的爱吗？莫非小岚公主想找男朋友了，那我毛遂自荐好了。"

　　小岚哼了一声，说："没文化，真可怕！你不知道凤是指男孩子，凰是指女孩子吗？不懂就别在这里附庸风雅。"

　　小岚不想再搭理查里王子，便喊了一声："西文秘书！"

　　那年轻秘书马上走了过来，朝小岚鞠了一躬："公主殿下，有什么吩咐？"

　　小岚说："送我回嫣明苑。"

西文秘书说："是，公主殿下。"

小岚回到嫣明苑，见晓星和晓晴在她的会客室坐着，等她回来。

晓星一见她就气急败坏地说："小岚姐姐，坏了坏了，大事不好了！"

小岚说："什么事，慢慢说，天不会塌下来的！"

晓晴说："小岚，原来女王姨婆他们来乌莎努尔，是有阴谋的呢！要是真让她们得逞了，天真要塌下来了！"

小岚狐疑地看着他们："看你们紧张兮兮的，究竟发生了什么事？"

晓星说："小岚姐姐，刚才笨笨自己偷偷溜出去玩，我到处找它，无意中看见女王姨婆和海伦姐姐在散步。我听见姨婆对海伦姐姐说，要她对万卡哥哥再主动一点儿，让万卡哥哥喜欢她，跟她结婚。"

晓晴说："哼，我早就看出来了，这祖孙三人来这里，是不安好心。小岚，你千万不能让她抢走万卡哥哥。"

"哈哈哈，我以为是什么了不起的大事，让你们这样担心。"小岚满不在乎地说，"别杞人忧天好不好！难道万卡哥哥是这样没主见，可以随便让人抢走的吗？"

晓晴眼睛睁得大大的："我说小岚，你可不能轻敌呀！万卡哥哥一直以为自己没有亲人，所以对这天上掉下来的亲戚一定十分珍惜。要是女王姨婆打出亲情牌，万卡哥哥也很难拒绝呀！"

晓星马上附和说："是呀是呀！小岚姐姐，你一定不能掉以轻心，要防患于未然。"

"去去去，我才不管呢！海伦公主要喜欢万卡哥哥，就让她喜欢个够，关我什么事！"小岚说着，把晓晴姐弟往门外推，"我困了，你们回去睡吧！"

晓星死不肯走："小岚姐姐，你答应我，一定要跟万卡哥哥结婚。要是万卡哥哥嫁给了海伦姐姐，一定不会快乐……"

晓晴瞪弟弟一眼："错错错，什么'嫁'给海伦，女孩才叫'嫁'呢，男孩应该叫'娶'。"

她又转头对小岚说："小岚，你听我说，明天就跟万卡哥哥提出订婚。"

小岚哭笑不得："你们越说越离谱了，我还是个学生呢，订什么婚？好，你们不走我走了，我回房间睡觉。"

晓晴和晓星只好怏怏地回自己房间去了。

第5章
智破"痒痒案"

　　小岚一觉醒来，已是早上七点多。她拿起床头柜上面的遥控器按了按，落地窗的窗帘就自动拉开了，随即洒进一地阳光，令人精神一振。

　　小岚在阳光里做了几下伸展运动，觉得神清气爽。

　　房间外面的玛娅好像多长了一只眼睛在小岚房间，知道小岚起来了，她像往常一样，在外面喊了一声："公主，可以进来吗？"

　　小岚说："进来吧！"

　　玛娅推开门，走了进来，恭敬地说："公主，早上好！"

小岚微笑说："玛娅，早上好！"

玛娅侍候小岚梳洗，又放了一套干净的运动服在小岚的床上，因为小岚有个习惯，每天早上都会晨练，绕着月影湖跑一圈。万卡要是有空，也会来湖边找她，跟她跑上一段。

这天天气好极了，朝阳照在月影湖上，洒下一湖细碎的金子，闪闪发光；微风夹杂着花香，吹得人心旷神怡；树上的鸟儿啾啾地叫着，唱响了一天的序曲。

小岚慢慢地跑着，突然见到前面有个少女站在湖边，正把手里的面包一点点地掰下来，扔给湖面上的几只白天鹅。

是海伦。

小岚跑近海伦，喊了一声："海伦，早上好！"

海伦转身一看是小岚，似笑非笑地说："哦，是小岚。你好健康哦，这么早就出来运动。"

小岚停下来，说："习惯了，每天不跑上半小时就不舒服。你怎么这么早起来，不多睡一会儿？"

海伦说："我也喜欢早起，不过我是淑女，我不会做跑步这些粗鲁的运动，像个没有仪态的疯子，太影响公主的形象。我只会散散步，逗逗鸟，喂喂鹅……"

小岚哈哈笑道："跑步很粗鲁？哈，海伦你真逗！好

吧，那我继续做我的疯子，你继续做你的淑女去吧。"

海伦说："哦，对不起！我不是说你粗鲁，我是说这种运动粗鲁。"

小岚笑说："没关系，即使你是说我粗鲁也没关系的，我当你表扬我呢！再见！"

小岚正准备继续跑步，海伦说："小岚，忘了跟你说，我从丹参国带了礼物送给你呢，是一条很漂亮的公主裙，是由法国一位著名时装师设计的。我等会儿叫人送去嫣明苑给你。你今晚一定要穿哦！"

小岚见海伦主动释出善意，便真诚地说："谢谢海伦！我一定会穿的。"

小岚跑走了，她一边跑一边忍俊不禁。迎面万卡跑来，见她笑呵呵的样子，问道："什么事这样开心？"

小岚故作惊讶状，说："啊，万卡哥哥，怎么你身为国王，也干这么粗鲁的事？"

万卡跟她并肩跑着："什么意思，跑步是一件粗鲁的事吗？这是什么人的谬论？"

小岚哈哈大笑，说："这是你的好表妹的高论呢！"

万卡一听也笑了，说："海伦是个自小在宫里长大的孩子，不像我的小岚这样爱跳爱动，所以有此想法也不奇怪。"

万卡又说："其实海伦对你也挺好的。我听她说，她特意买了一条由著名时装设计师设计的公主裙，准备送给你，让你今晚在舞会上穿呢！"

小岚说："我知道，刚才海伦告诉过我呢！她一片好意，我今晚一定会穿上的。"

两人边跑边聊，很快绕着月影湖跑了一圈。万卡看看表，说："噢，小岚，我要走了。我得赶紧回去洗澡换衣服，上午有一个重要的会议呢！"

小岚说："好的，那快忙你的吧！我也要回去了，今天有课，我吃完早餐就回学校去。"

万卡在小岚额上亲了一下，两人各自离去。

在学校里，晓晴一刻不停地记着舞会的事，一下课就往小岚座位上凑："小岚，你说，我今晚穿什么衣服好？穿你送我的那条有蕾丝花边的豆绿色裙子，还是穿我上个月买的那条湖水蓝的镶银片长裙？"

小岚说："又不是出嫁，干吗这么费精神！"

晓晴说："不是啦！你想想，今晚那海伦公主一定精心打扮，故意穿得很美很美，把我们都比下去。小岚，你也要好好打扮一番啊！你今晚穿什么衣服？"

小岚说："海伦说要送我一条裙子，让我今晚穿呢！说是法国著名设计师的作品。"

晓晴夸张地扬起眉毛："啊，她有那么好心！她巴不得你穿得随随便便的，让她专美呢！我想，这条裙子一定难看死了。"

小岚说："别猜了，放学回去不就见到了吗。"

下午放学时，晓晴直催小岚："快点，快点！"

上了大门口那辆接他们回去的房车，晓晴又催司机："开快点，开快点！"

晓星很奇怪："姐姐，你急着回去干什么？离舞会开始还有四五个小时呢！"

晓晴说："小八卦，不告诉你。"

晓星心里痒痒的，一路追问："姐姐，什么事，什么事？告诉我嘛！"

晓晴偏不理他。

回到嫣明苑，晓晴拉着小岚，急匆匆往小岚房间跑。

一见到玛娅，晓晴就问："海伦公主送东西来了吗？"

玛娅说："送来了，一个大盒子，说是送给小岚公主的衣服。"

晓晴忙不迭地问："在哪？在哪？"

玛娅说："我放在公主的寝室了。"

晓晴拉着小岚走进寝室，果然见到桌上搁着一个包装精美的扁扁长长的盒子。晓晴叫小岚："快拆开，看看难看成什么样子。"

小岚也好奇海伦送她一条怎样的裙子，便和晓晴两人一起拆开包装，打开盒子。两人不禁同时喊了起来："哇，好漂亮啊！"

一直好奇地跟在后面的晓星，一见是女孩穿的裙子，马上没了兴趣，说："小岚姐姐、晓晴姐姐，我走了，我回去看笨笨去。"

两个女孩都没理他，都只管看那条裙子。

那条月白色的裙子的确美极了。先不说设计如何新颖，单是上面手工绣上去的花卉图案，就让人由衷赞叹。

晓晴说："看来海伦公主真想和你修好呢！不过，也有可能是她准备抢走万卡哥哥，所以给你点儿补偿吧！"

小岚说："她想得有这么复杂吗？或者她真的是一番美意呢！"

晓晴小心地把裙子拿起来，两眼放光，忍不住说："小岚，让我试穿一下好吗？"

　　小岚向来都不会对晓晴吝啬，她的衣服晓晴想穿就穿，想拿走就拿走，所以她毫不犹豫地说："想穿就穿吧！"

　　晓晴喜滋滋地拿着衣服走进更衣室，一会儿出来了，啊，果然不错呢！高贵又不失雅致，穿在晓晴身上，恰到好处地把她窈窕的身形突显出来，好看极了。

　　晓晴说："我真舍不得脱下来了。"

　　小岚说："你喜欢，我送给你好了。不过，要过了今晚才行，起码要穿给海伦看看。"

　　晓晴在镜子前面照了又照："啊，你真的要给我！我太感动了。不过，算了，喜欢归喜欢，我可不想要海伦的东西。"

　　小岚看了看手表，说："好了，快脱下裙子，回去做作业，明天要交呢！晚会一定结束得很晚，所以得先把作业做了。"

　　"好吧！"晓晴脱下裙子，依依不舍地放回盒子里。

　　这时，玛娅进来说："秘书西文刚刚打电话来，说国王今天很忙，晚饭不一块儿吃了；女王和查里王子、海伦公主也因为要为晚会作准备，他们自己在嫣宁苑吃。"

　　小岚说："好的。那我们今晚就三个人吃吧！"

　　晓晴很高兴："太好了。我们自己吃，可以轻松点

儿，我可不想再听女王姨婆的唠叨。"

晓星不知什么时候又溜了进来，听到女王姨婆不来吃饭便眉开眼笑的："好啊，那我带上我的笨笨。对，得让米其伯伯给我的朋友准备一份餐具，让它堂堂正正地在饭厅吃一回饭！"

小岚说："走吧，笨笨的朋友，快回去做作业！"

三人各自回去做功课。

六点五十五分，玛娅在书房门口轻轻敲门，说："公主，吃饭了。"

小岚刚好已经做完作业，正在收拾桌子，便应道："好，就来。"

走到饭厅，晓晴和晓星已经来了，但没见笨笨。

小岚说："咦，你的朋友呢？"

晓星有点儿丧气："别提它了。我刚才去找它，让它跟我一块儿来饭厅吃东西，没想到那家伙马上躲进猪屋子里不肯出来。我说女王姨婆他们不会来的，它却不信，躲得更彻底，干脆缩进被窝里去了。"

"哈哈，哈哈哈哈……"小岚和晓晴忍不住大笑起来。

这时，米其伯伯进来了，宣布说："今天吃中餐。"

"好啊！"晓晴和晓星一阵欢呼。小岚也对米其点头

表示赞许："你想得真周到。"

前些时候出去旅行，吃的都是外国菜，回来后为了照顾女王姨婆他们几个的口味，又是吃的西餐，大家早就想吃一顿久违了的中餐了。难得米其伯伯如此细心，趁今天他们三个人单独吃饭，让厨师做了一桌精致的中餐。

三人开始大快朵颐。晓星见晓晴吃得痛快，便泼冷水说："姐姐，你不怕等会儿穿不下你的紧身裙子吗？"

这话提醒了晓晴，她马上放慢了吃的速度，但见到满桌好吃的菜又心有不甘，不禁埋怨弟弟："就你这家伙扫兴。"

晓星咕噜了一句："哼，忠言逆耳！你继续吃吧，等会儿变个大胖妹……"

对晓晴来说，毕竟漂亮更重要，所以她又吃了几口菜之后，就放下筷子了。

"姐姐，怎么不吃了，吃呀！"晓星又故意用筷子夹起一块酥炸茄子，说，"哇，多美味的茄子啊！"

晓晴最喜欢吃香脆的食物了，看着那块炸茄子直流口水，心想吃了再说！正想伸筷子过去夹，突然，她觉得身上有点儿痒，便放下筷子用手去抓，但觉得更痒了，而且痒的地方更多了，于是，她苦着脸东抓一把，西抓一把。

晓星说："姐姐，幸好今晚不是跟女王姨婆一块儿

吃，要不她一定说你没教养。"

晓晴越抓越起劲，说："哎哟，怎么这样痒，痒死我了。"

这时，站在一旁的玛娅突然惊讶地说："晴小姐，你身上……"

小岚朝晓晴一看，也不禁喊了起来："晓晴，你脖子上长了很多红色小斑点啊，手上也是！"

晓晴低头一看双手，立刻尖叫起来："啊，怎么会这样！"

晓星也跑来看："姐姐，你别是刚才吃多了吧！"

晓晴带着哭腔说："什么呀，有你吃得多吗？为什么我痒你不痒？"

小岚说："晓晴，是不是你对什么东西过敏？你刚才碰过什么特别的东西了？"

晓晴忍不住又抓起痒来，边抓边说："没有啊，我从学校回来，就只去过你那里，之后就回到自己房间做功课，一直没出来过。"

"啊！"晓晴忽然喊了一声。

小岚忙问："你想到什么了？"

晓晴说："那条裙子！对，我穿过那条裙子，海伦公

主送给你的裙子！"

小岚睁大眼睛："有可能跟那条裙子有关吗？那么贵重的裙子，不会使用一些令人皮肤过敏的料子吧！"

玛娅在旁边说："公主，能让我看看那条裙子吗？"

小岚说："你们怎么都怀疑那条裙子了？海伦怎会买一些布质拙劣的衣服呢！好吧，就回去看看，反正我们都吃饱了。"

晓星赶紧把嘴里的菜咽下去："我也吃饱了。我也跟你们去侦破这宗晓晴痒痒案。"

大家一起回到小岚寝室。

那条裙子还好好地躺在盒子里。玛娅戴了一双黑色橡胶手套，轻轻拿起裙子，仔细看着，又看看盒子里面。

晓星说："哇，我们真像是在破案呢！玛娅像个大侦探。"

玛娅把裙子拿出来，轻轻抖了几下，又蹲下去，用手指在地板上擦了擦。大家的目光都集中在她的指头上，可以明显地看到，她戴着黑色橡胶手套的指头上，有些白色的粉末。

小岚奇怪地问："这是什么？衣服里怎么会有白色粉末？"

　　玛娅把粉末放在鼻子底下嗅嗅，说："公主，这粉末有问题！"

　　三个孩子异口同声地"啊"了一声。

　　晓晴说："玛娅，你快说，是怎么回事？"

　　玛娅说："我先把裙子放回盒子里。你们躲远点儿，别碰它。"

　　大家像避瘟疫一样躲开了。

　　玛娅小心地放好裙子，又轻轻地脱下手套，然后说："我刚进宫做事时，常听大姐姐们讲一些宫廷里发生的事。宫中女眷争风吃醋，常常有人在举办各类大型舞会上搞小动作。她们把一些含有让人皮肤过敏的化学物品放进别的女眷衣服里，这种化学物品附在人身上，一小时左右就会发生作用，让人皮肤起红斑，浑身发痒，不由自主要用手去挠，让她们不喜欢的人在王公贵族面前出丑。"

　　晓晴怒不可遏："啊，真卑鄙！一定是海伦公主搞的鬼，想让小岚穿上她送的裙子，今晚在舞会上出洋相。"

　　小岚问："玛娅，你能确定，这裙子掉下的白色粉末真是那种令人皮肤发痒的化学物品吗？"

　　玛娅肯定地点点头："是的。公主，可能你不知道，我虽然是中文系毕业，但也修读过化学课程，对这种化学

物品还是能辨认出来的。"

小岚生气地说："真没想到，海伦小小年纪，就会使这种阴谋诡计害人。"

晓星说："一定是她想让你在大家面前出丑，让万卡哥哥嫌弃你，不跟你好，跟她好。这海伦姐姐长得那么美，怎么心肠这么坏！"

晓晴一边挠，一边气急败坏地说："好啊，她这么毒，我不会放过她的。天哪，怎么办，痒死我了，痒死我了！"

玛娅安慰说："晴小姐别着急，我知道有一种药可以解这种痒痒，我马上给你拿去。你等会儿把药放在浴缸里，放上满满一缸水，然后在里面泡十分钟，就不会痒了。"

晓晴一把抓住玛娅，像抓住一根救命稻草："好玛娅，那你赶快替我拿药来，我难受死了。"

玛娅说："好的，我马上去拿。"

小岚说："玛娅，谢谢你，幸亏有你，要不晓晴就惨了。"

玛娅笑着说："公主，能够帮到晴小姐，是我的荣幸。"

第6章
仙乐飘飘今夜闻

　　王宫的宴会大厅，今夜灯光灿烂。王室贵族全都盛装出席，女士们珠光宝气，男士们西装革履，仿佛是一个名牌服饰的展示场。

　　晓晴用玛娅给的药浸洗后，果然红斑褪去大部分，身上也不痒了。如今她正打扮得漂漂亮亮的，和弟弟晓星，还有莱尔首相的儿子利安、女儿妮娃四个人坐在一边，指手画脚地说着话。看她义愤填膺的样子，就知道她一定在述说今天下午的悲惨遭遇，控诉海伦公主的恶毒行为。利安和妮娃两兄妹听得目瞪口呆，一脸的惊讶和愤慨。

　　时间差不多了，听到礼仪官大声喊着："国王驾到，

小岚公主驾到！"

人们听了，纷纷起立，迎接他们的国王和公主。

大门打开，帅气的万卡国王穿着一身笔挺的西服，挽着穿一身白色缎子长裙、头戴钻石银冠的美丽公主马小岚，在音乐声中步入大厅。大厅里顿时响起一片热烈的掌声。

万卡国王宣布："今晚的舞会，是专门为欢迎我的姨婆、尊敬的丹参国西利女王，还有她的孙儿孙女查里王子和海伦公主而准备的。希望大家和我们尊贵的客人一起，度过一个开心难忘的晚上。"

万卡国王说完，朝礼仪官点点头，礼仪官立正喊道："有请西利女王！"

大门一开，只见女王姨婆站在门外。她穿一件浅紫色曳地长裙，头戴金钻皇冠，仪态万千地举着右手，一边朝大家挥着一边走了进来。

众人争睹女王的风采，报以热烈的掌声。

礼仪官又喊道："现在，有请查里王子。"

年轻的查里王子微笑着步入，他先是彬彬有礼地朝万卡和小岚鞠了个躬，然后朝众人点头挥手。小岚心想，这家伙不做坏事时也挺风度翩翩、讨人喜欢的。

会场里的人们同样报以掌声，欢迎这位英俊的异国

王子。

接着，礼仪官用提高八度的声音说："有请海伦公主！"

人们鸦雀无声，将视线集中在门口，都想看看这位公主长得什么模样，但是过了十几秒钟，还不见有人进来。

万卡微笑着问姨婆："表妹不是跟你们一块儿过来的吗？"

姨婆说："这丫头不知搞什么花样，一吃完晚饭就把自己关在房间里打扮。你派来接我们的人到达时，她又让我们先走，说自己随后就到。"

直到大厅里的人们等得有点儿不耐烦，开始交头接耳表示奇怪时，才听到礼仪官又喊了一声："海伦公主到！"

人们的视线一起落到门口，但所有人的嘴巴都马上变成"O"形——进来的不是一个人，而是五个人。四个壮男扛着一副缀满鲜花的滑竿，滑竿上面坐着一个花样年华的少女。少女打扮得像埃及艳后那样妩媚妖艳，在滑竿上不停地变换着妖媚的舞蹈动作。

美则美矣，但委实太夸张、太突兀了！人们全都用诧异的表情看着海伦，连女王和查里王子都一脸的不可思议，大概他们也没想到海伦会用这样的方式出场。

过了整整十几秒钟，才突然响起了几下掌声，跟着大家都鼓起掌来。

海伦似乎很享受人们的惊讶，四个壮男把滑竿轻轻放下，她妖娆地站了起来，向人们做了几个舞蹈动作，才过去对万卡行了个礼，娇憨地喊了一声："国王表哥！"

万卡刚刚从错愕中回过神来，他礼貌性地夸了一句："表妹，你今天很漂亮。"

"谢谢表哥！"海伦很高兴。

海伦发现了站在万卡身边的小岚，脸色一沉，说："小岚，你怎么没……哦，不是说好了你今晚穿我送你的裙子吗？"

小岚笑着说："噢，对不起。本来是要穿的，但觉得腰围太宽了不合身，所以拿给宫里的裁缝改去了，改好以后一定穿给你看。"

海伦十分失望，因为她无法看到小岚在舞会上出洋相了。

这时候，音乐响了起来，海伦朝万卡鞠了个躬，说："国王表哥，可以跟我跳第一支舞吗？"

万卡看看小岚，小岚笑着点点头。万卡拉着海伦的手，两人走入了舞池。

　　小岚正笑盈盈地望着他们在舞池起舞，有人在她身边说："美丽的小岚公主，不知我是否有幸能跟你跳第一支舞？"

　　小岚扭头一看，原来是查里王子。

　　小岚一见到他就想起那仆人衣服上的大脚印，心里就反感，但出于礼貌，她还是微微点了点头。

　　查里高兴地拉住小岚的手，走向舞池。

　　查里一边跳舞一边目不转睛地看着小岚，说："小岚公主，你真漂亮！"

　　小岚应付式地回答说："谢谢！"

　　查里却没察觉小岚的神情，仍兴致勃勃地说着："以前我总以为，世界上没有美貌与智慧双全的女孩。漂亮的，必定没脑子，就像我妹妹一样，看她选择的出场方式，太令人惊悚；有智慧的，一定是个丑八怪。但见了你之后，我改变看法了，你那一手古琴，弹得让人心醉……"

　　小岚有点儿怀疑地看着他："你懂古琴吗？"

　　查里说："懂啊！其实我挺喜欢中国文化的，琴棋书画，都略知一二。"

　　小岚没吱声，心想，真的假的？

　　查里又说："我知道古琴有着近三千年的历史，是中国历代文人雅士所崇尚的乐器之一。有关古琴的来历，说法有好几种，我记得最清楚的是，伏羲在一片梧桐树林休息时，突然看见一只凤凰立在梧桐树上，于是伏羲将梧桐树砍了，用树的木头制成了古琴……"

小岚笑笑说："哦，还真知道啊！"

听到小岚称赞，查里很高兴，继续说："因为古琴有七根弦，在古代被称为'七弦琴'。古琴造型优美，常见的样式有伏羲式、神农式、师旷式、子期式、仲尼式、连珠式、落霞式和蕉叶式等，而以仲尼式居多……"

小岚见他如数家珍，似颇有研究，便问："那你会弹吗？"

查里说："很遗憾，只跟老师学了点儿皮毛。"

小岚心想，算你老实。

查里说："我虽然不怎么会弹，但我会欣赏呢！我家里就有五十多张古琴曲的光碟。不过，我觉得你弹得比光碟里的还好听呢！"

小岚笑道："算你有品位。"

查里高兴地说："谢谢你的赞赏。"

两人正说着，音乐停了，小岚客气地朝查里点点头，回到万卡身边。

西利女王说："来到贵国，得到国王和各位的热情

接待，现在就让我的孙女海伦为各位弹一首曲子，以示感谢。"

众人听了，都鼓起掌来。

海伦骄傲地仰着头，走向放在一角的钢琴。她撩撩裙子坐在钢琴前面，抬手一挥，敲出一连串跳跃的音符。她弹的是著名的钢琴曲《少女的祈祷》。

《少女的祈祷》是波兰女钢琴家巴达捷芙斯卡所作，它的旋律简单、优美、温婉、亲切感人，虽略带伤感，但又异常柔美，表现了一个少女的美好心愿。

海伦的弹琴技巧不错，只是琴声中缺少了一种感情色彩，给人苍白、空泛之感。一曲下来，人们出于礼貌，还是给予了热烈的掌声。

当然，海伦并不明白这点，只是认为，自己弹得太好了，简直天上有地下无。

她走回万卡身边，用挑战的眼神看了看小岚，仿佛在说："服了没？你能跟我比吗？"

小岚当然明白海伦的意思，不过，她不屑跟她争，让她得意去吧！

这时，却听到有人大喊："我们请小岚公主弹一曲好不好，她的古琴弹得美妙极了！"

71

人们一看，原来是查里王子。

小岚笑笑说："很抱歉，这里没有古琴……"

"有啊有啊，古琴来了！"只见晓晴、晓星两个人，一人抬一头，抬来了一把古琴。那正是万卡送给小岚的伏羲式古琴。

原来，利安和晓晴、晓星他们几个，早就看不过海伦的抢出风头，一见她弹钢琴炫耀自己，就马上打电话回妈明苑叫人立即把古琴送来。刚好那么巧，碰上查里王子提议小岚给大家弹古琴。

场上马上响起如雷的掌声。很多人都知道小岚弹得一手好琴，但大多数人都没听过，所以都很希望能有机会欣赏公主的技艺。

小岚本来就不是忸怩的女孩，便爽快地答应了，说："好，就给大家弹一首……"

早有人搬来桌子、椅子，小岚微微一笑，静静地坐了下来。

在场的人全都屏心静息，等待美妙的琴声响起。

小岚纤手一挥，琴音从她手下流出。好琴、好技、好曲，听者无不心动神驰。

忽听得几下柔和的箫声夹入琴韵之中，悠扬的琴声夹

着清幽的箫声，更觉动人。

小岚听到如此动人的箫声伴和，不禁心中惊喜，抬头一看，太意外了，吹箫的人竟是万卡！

能与古琴相和的乐器，唯有洞箫，幽深迷离的箫声，能把琴声的美推向极致。

小岚没想到，万卡为自己寻找好琴之余，还悄悄学会了吹箫。

心中感动，令小岚不禁眼泛泪光，就似"高山流水遇知音"中子期遇到伯牙一样，一腔情愫化琴声，小岚的琴声更动人了。

宴会大厅里仙乐飘飘，在场的人听得如痴如醉，一曲终了，大家都仍沉醉在优美的琴声中，直到查里王子喊了一声："好！"众人才清醒过来，一下爆发出热烈的掌声……

利安、妮娃和晓晴、晓星更是把手掌都拍红了。海伦想跟小岚比，休想！

海伦也听呆了，她从来没听过这样美妙的音乐，竟也情不自禁地跟着大家鼓起掌来。

万卡微笑着拉起小岚的手，两人一起向众人点头答谢。俊男美女，何等赏心悦目，掌声更热烈了。

只有西利女王一脸不悦地看着他们。

第7章
女王跪倒在小岚面前

又是一个鸟语花香的早晨。

小岚醒来后，仍在床上赖着不想起来。她回忆着昨晚那场表演，想着和万卡琴箫和鸣的情景，不禁甜丝丝地笑了起来。

万卡哥哥真好！他知道自己喜欢弹古琴，就偷偷地学会了吹箫，而且还吹得这样好，和自己的琴声和起来是这样完美，这样和谐。

房门外轻轻的叫声惊动了她，她听出是玛娅的声音。

"公主，公主，您起来了吗？"

小岚答道："什么事？"

玛娅说："刚才西利女王来电话，请您过去跟她一块儿吃早餐。"

"啊！"小岚的好心情被破坏了。说心里话，她一刻也不想面对这位女王姨婆，女王那双看人时老是带着挑剔的眼睛，让她觉得很不舒服。

但是，她是万卡唯一的亲人，不管怎样，自己也得好好地对她。

去就去！小岚的字典里没有个"怕"字。

小岚起了床，洗了把脸，用梳子梳了梳头发，然后穿上T恤、牛仔裤，往嫣宁苑去了。走到半路，她才想起女王姨婆一定不喜欢她的打扮，想回去换，但又怕去晚了让女王姨婆等。算了，不管那么多了。

她继续往前走，很快到了嫣宁苑，站在门口等候着的一个侍女，引着小岚往里走。

嫣宁苑是王宫里最豪华的宫殿，是乌莎努尔历代君王居住的地方。万卡继位之后，选择了另一处宫苑居住，而让嫣宁苑保持原样，每天让仆人细心打扫。他告诉小岚，这是他尊重和缅怀长辈的方式。这次姨婆来，万卡安排她住在嫣宁苑，足见他对姨婆的重视。

远远见到绿茵茵的草地上撑着一把大遮阳伞，伞下

摆着一张桌子、两把椅子。女王姨婆坐在其中一把椅子上，闭目养神。旁边两名侍女眼观鼻、鼻观心，静静地侍立着。

小岚愣了愣，妈呀，难道就请了自己一个？看来，自己要孤军作战了。

侍女走到女王身边，行了个屈膝礼，说："女王陛下，小岚公主来了。"

小岚走上前，说："姨婆，早上好！"

女王姨婆张开眼睛，对小岚点点头，说："早上好！"

她又对侍女说："叫厨师上早餐。"

侍女又行了个屈膝礼："是！"

女王姨婆指指她对面的椅子，对小岚说："坐吧！"

小岚说："谢谢！"然后坐了下来，气定神闲地看着姨婆。

女王姨婆用她惯有的挑剔目光上下打量了一下小岚，说："小岚，你既然有了公主头衔，就不能像以前平民时那样随便了。像你这样T恤、牛仔裤，不觉得有失斯文吗？"

小岚心里很不高兴，真想一顿炮火轰过去。平民又怎

么样，贵族又怎么样，还不是人一个吗？干吗总是要分等级！而且实际上，这世界是因为有了这么多平民百姓的努力奋斗，才变得这么美丽呢！

但是，想到她是姨婆，是长辈，就忍了吧！于是，小岚说："姨婆，我以后会注意的。"

"嗯。"女王姨婆哼了一声。

这时，几名厨师每人捧着一个大盘子来了。早前站立一旁的两名侍女，替他们把盘子里的东西一样样放到旁边一张餐桌上，摆得满满的。

厨师走后，两名侍女开始上第一道早餐和饮品。小岚等女王姨婆开始进餐，自己才拿起刀叉吃早餐。女王姨婆没再说话，小岚也乐得耳根清静。

女王姨婆好像胃口不怎么好，吃了一个煎鸡蛋，就放下了手中刀叉，拿起一杯咖啡慢慢地品着。小岚可不管那么多，仍然低头吃着，一来不想委屈了自己的肚子，二来得吃饱了才有战斗力。女王姨婆叫自己来这里，一定不是光吃早餐那么简单。

这时，女王姨婆对两名侍女说："你们下去吧，没有我的吩咐，不要走近。"

侍女朝女王行了屈膝礼，离开了。

女王姨婆喝了一口咖啡，对小岚说："小岚，我知道你是个直爽的女孩子，我想跟你开门见山地谈一谈。"

小岚放下刀叉，说："姨婆，有话请讲，其实我早知道您约我来不光是为了共进早餐。"

女王姨婆又喝了一口咖啡，说："好，是个爽快的孩子。小岚，我希望你离开万卡，离开乌莎努尔，回到中国香港，或者到别的地方去。反正，你不能留在乌莎努尔。"

小岚一愣，问道："为什么？"

女王姨婆说："我知道，你喜欢万卡。当然了，这样一个既年青英俊又有权有势的大国君王，有哪个女孩不动心，有哪个女孩不爱。小岚，你长得漂亮，人也聪明，而且为乌莎努尔立下过大功。但是你毕竟不是贵族出身，这对王室血统的纯洁，对你今后履行王后职责时臣民的支持度，都会造成负面影响。你不是一个合格的王后人选。"

小岚说："首先，我不否认喜欢万卡哥哥，但对于您的血统论，我一点儿不认同。国王要跟贵族出身的女孩在一起，这早已是被摒弃了的陈规旧俗。请看英国的凯特王妃，西班牙的莱蒂齐亚王妃，瑞典的莉莲王妃，等等，不也是平民出身吗？对于能否履行王后职责，能否得到臣民

的支持，这跟是不是贵族没有一点儿关系，反而，一个平民王后更能得到平民的认同与好感。"

小岚的话，令女王姨婆毫无反驳的余地，她一时愣住了，过了一会儿，才说："我承认你说得对，但是，人总是自私的，我的宝贝孙女儿海伦爱上了万卡，我不想看她伤心，所以，在你和海伦之间，我一定选择帮海伦。小岚，就当是我求你，你把万卡让给海伦吧！"

小岚说："姨婆，爱情是双方面的，海伦喜欢万卡哥哥，但万卡哥哥喜欢海伦吗？还有，爱情不是一种买卖，是不能让的。即使我愿意放弃万卡哥哥，但如果万卡哥哥不喜欢海伦，那也没有用。"

女王姨婆肯定地说："有用的，有用的！海伦这么漂亮，有哪个男孩不动心？只要你离开这里，去一个万卡找不到的地方，万卡会忘记你的，万卡一定会爱上海伦的……"

小岚不客气地把她的话打断了："姨婆，对不起。您太不了解万卡哥哥了，他是一定不会放弃我的，不管我走到天涯海角，他都会把我找回来。"

女王说："我不信，我不信！只要你肯离开，一切就好办了。给你造成的损失，我会补偿的，我会给你两亿美

元作为补偿，让你可以像帝王一样生活着，你可以一生荣华富贵……"

小岚定睛看着女王姨婆，实在无语。

见女王姨婆还在喋喋不休地说着，小岚站了起来，打断她的话，说："姨婆，我得走了，谢谢您的早餐。"

女王急了，站起来一把扯住小岚的手："小岚，你回去考虑一下再回复我也行的。"

小岚坚定地看着女王姨婆，说："姨婆，我现在就可以答复您。第一，我不会把万卡哥哥'让'给海伦的。我为什么要把自己喜欢的人拱手送给别人？第二，您的钱我不会要的。感情是无价的，别说是两亿，就是二十亿，二百亿，也买不走一份真正的感情。"

女王的脸突然变得苍白，她"扑通"一下跪在小岚的面前。

高傲的女王突然跪在自己面前，这举动实在令小岚措手不及，她顿时呆住了。一会儿她才慌乱地伸手去扶女王姨婆："姨婆，您怎么了，您快起来，快起来！"

女王姨婆不肯起来，她哀求说："小岚，我求求你，你就答应我吧！好不好，好不好？"

"姨婆，别这样，您吓坏我了。"小岚使劲想扶起女

王姨婆，但没有用。

"你要是不答应，我就一直跪在你面前。"女王姨婆十分固执。

小岚向来敬重长辈，怎能接受一个老人家跪在自己面前。她用尽全力去拽女王姨婆，急得差点儿哭了出来，情急之下，她说："好了，您先起来，我们好好商量。"

女王姨婆这才让小岚把她扶起来。小岚把姨婆扶到椅子上坐下，心里想，以姨婆这样一个傲慢的女王身份，却不惜跪在她这样一个小女孩面前请求，这应该不仅仅是为了给孙女儿找一个男朋友这么简单了。

小岚给女王姨婆倒了一杯热咖啡，然后坐到她对面。女王手里捧着咖啡，低着头大口大口地喝着，头发散乱，神情憔悴，眼睛露着悲哀，全没了之前女王的傲慢与威风，倒更像一个饱受困扰、方寸大乱的邻家老婆婆。

小岚不由得同情起她来，她更加肯定，女王姨婆心里一定有些难以启齿的事情，才导致这样奇怪的举动。

这时女王姨婆手一抖，把一些咖啡洒在衣服上，小岚忙接过她手里的杯子，又拿过一条餐巾，细心地替她擦着衣服。

女王姨婆呆呆地看着小岚，眼泪突然扑扑簌簌地掉了

下来。

小岚有点儿手足无措，说："姨婆，您是否有什么解决不了的事？说出来，看我能不能帮您。"

女王姨婆说："如果你答应我刚才的要求，就是帮我了。"

小岚说："我不明白，您为什么一定要拆散我和万卡哥哥，为什么非要让海伦和万卡哥哥在一起？我就不信，仅仅为了给海伦找个她喜欢的男朋友，您可以这样屈尊降贵，跪在我的面前。"

女王姨婆叹了口气："小岚，你很聪明，的确有其他原因。"

小岚说："姨婆，那您就一五一十告诉我，我们一起想办法解决。"

女王好像全身力气都用完了，她软软地瘫在椅子上，细声细气地说起了因由。

第8章
小岚决定离开万卡

　　丹参国是一个君主制国家，由西利女王统治，下设议会负责日常国家事务。议会所有通过的提案都要经女王批准，女王有权否决议会提案。换句话说，女王拥有最高权力。

　　西利女王只有一个独子，担任军队总司令，儿媳是负责国家政务的副首相。儿子媳妇都极具胆识和才干，协助女王把持着整个国家的政治和军队实权，女王政权牢不可破。

　　不幸的是，就在去年，儿子媳妇出国访问时乘坐的飞机失事，两人不幸遇难。女王从此没了左膀右臂，顿失依靠，而两个孙子孙女又未长成，无法助她一臂之力。女王独自支撑，已是心力交瘁，不料朝中几个手握重权的大臣，早就觊觎她的王位，见她孤儿寡母的，便蠢蠢欲动，想取而代之。

女王见局面越来越难以控制，只好想法寻找外援。她知道乌莎努尔国力强盛，而姨甥孙万卡又年轻有为，便想出主意，要将孙女海伦嫁给万卡。有了乌莎努尔这个强大后盾，国内一批心怀叵测的人便会知难而退，不敢生事。即使真的闹事，以乌莎努尔强大的军队，也可以马上提供支援，打败任何叛军。

于是，她便趁着参加国际首脑会议的机会，跟万卡相认。见万卡果然各方面都出类拔萃，十分高兴，回国后便把国事暂时托付给一向信任的首相基基，自己带着查里和海伦来到了乌莎努尔。

事情一开始就十分顺利，一向心高气傲对身边所有男孩都不屑一顾的海伦，对万卡一见钟情。女王以为这回胜券在握了，因为她觉得海伦的美貌是任何男孩子都无法抗拒的。

没想到，万卡身边有个小岚公主。

女王察言观色，知道万卡心中有小岚，小岚心中也有万卡，尤其是昨夜舞会上两人的合拍，令她觉得面临重大危机。她心想，不能让小岚打破她的如意算盘。于是她约小岚来，明说是吃早餐，实则与她摊牌，以女王的威风，

先把这小女孩吓倒，再予以利诱，相信没有人会在威迫利诱面前不低头的。

没想到，小岚这小女孩天不怕地不怕，任你是女王也不在话下。金钱利诱，她眼睛眨也不眨，根本不为所动。

女王彻底崩溃了，跟乌莎努尔联姻计划如果不成功，她的政权危矣！

结果出现了女王向小岚下跪一幕。没想到威逼利诱都没有屈服的小岚，却被女王的下跪吓得手足无措。

小岚知道了女王姨婆的苦衷后，心里十分同情，她已经一点儿不怪女王姨婆了，也不再介怀她之前的傲慢与无理了。

"姨婆，您不用担心，万卡哥哥一定会帮您的，即使他不是您孙女婿，也是您的姨甥孙啊！来，我们一起去找万卡哥哥，让他给您想办法。"

女王摇头说："不行，我跟万卡刚刚相认，没有一点儿感情，又是那么远的亲戚关系，他不会尽全力帮我的。但如果他成了海伦的丈夫，他爱海伦，那就不一样了，对自己妻子国家的安危，他绝对不会坐视不理。"

小岚说："姨婆，您不了解万卡哥哥，您不知道他是多么尊重您，对您国家的问题，他会出手相助的。"

女王姨婆说："小岚，姨婆走过的桥比你走过的路还

多，世态炎凉我比你明白。反正，只有万卡成了海伦的丈夫，才能保住我的江山社稷。"

女王姨婆说到这里，拉住小岚的手，说："小岚，我知道你是个好女孩，你就帮帮姨婆，离开这里，让海伦跟万卡在一起，好不好？"

小岚看着女王姨婆有点儿散乱的花白头发，看着她愁苦的脸、含泪的眼睛，心里十分无奈。

认识万卡哥哥，来到乌莎努尔王宫生活，她才知道做一个国王有多难：要管治好整个国家，要令人民生活得好，要令大臣忠心耿耿地拥护自己、为国效劳，要随时警惕内乱、抵抗外敌入侵……

她常常看见夜深了万卡还在批阅文件，她常常见到万卡因忧虑国家大事而眉头紧蹙，她常常见到万卡和大臣们彻夜不眠商量各种政策，她知道做一个国王有多难。

何况，眼前是一位已经六十多岁的老婆婆！

善良的小岚好为难。怎么办？离开万卡哥哥？不，不可以！何况，万卡哥哥也不会同意。

小岚正在发愣，女王姨婆又说："小岚，你答应我好吗？答应我！"

继续说"不"？不行，看女王姨婆那样子，如果自己

还是拒绝，真不知道她会有什么反应，或者会激动得突然昏倒，或者会绝望得失声痛哭，或者会……

正在胡思乱想，只见女王姨婆突然用手捂住胸口，脸色像纸一样白，小岚吓坏了："姨婆，姨婆，您怎么了？"

女王姨婆喘着气，说："我心脏病发了，快，快，快从我口袋里拿出装药的小瓶子……"

小岚手忙脚乱去掏女王姨婆的衣袋，果然掏出了一个小瓶子，里面有一些白色的小药丸。

女王姨婆用微弱的声音说："拿……一颗，放……我嘴里……"

小岚急忙拿出一颗药丸，放进姨婆嘴里，让姨婆吞下去。

小岚睁着惊惶的大眼睛看着女王姨婆，只见她双目紧闭，又喘息了一会儿，才慢慢恢复过来。她睁开眼睛，看着小岚，有气无力地说："小岚，对不起，我有很严重的心脏病，一着急就犯病。刚才幸亏你在，要不海伦没了父母之后，又没了祖母了。"

小岚擦了擦不知什么时候急出来的眼泪，说："姨婆，说对不起的应该是我，是我惹您生气了，是我不好

……"

"不，不，不关你的事。"女王姨婆的声音带着呜咽，"全是我的错，本来我就不应该拆散你和万卡，不应该为了我王位的稳固而夺去你的幸福。唉，算了，小岚，我不想再逼你了，江山没有就算了。只可惜祖宗的事业败在我的手里，只可怜将来海伦和查里的命运不知道会怎样。"

女王姨婆老泪纵横。

小岚被女王姨婆哭得心都碎了，她拉住女王姨婆的手，说："姨婆别哭，您别哭。如果万卡哥哥跟海伦结婚真可以保您江山稳固的话，那我答应您，答应您离开万卡哥哥。"

女王姨婆一听，又惊又喜，一把抓住小岚的手："小岚，你愿意？你真的愿意？"

"我……我……"小岚无奈地点了点头。

女王姨婆兴奋地说："小岚，谢谢你！你最好这两天就走，马上办理转学手续，你想读哈佛大学，还是耶鲁大学？你只管跟女王姨婆说，姨婆一定帮你办到。"

小岚黯然摇头："不用了，谢谢姨婆。那我走了，我回去准备一下，我会尽快离开这里的。"

小岚不愿意让姨婆看到自己的眼泪，转身跑了。

第9章
小岚离宫出走

小岚离开嫣宁苑之后，便绕着月影湖跑了起来，跑啊跑啊，直到再也跑不动了，才停了下来。她挑了一处僻静的地方坐了下来，她要整理一下纷乱的思绪。

天哪，事情怎么会变成这样！自己竟然答应了女王姨婆的要求。自己怎么会答应呢？怎么能答应呢？

万卡哥哥不会允许自己离开的，要是他知道自己答应了女王姨婆的要求，他会多么难过啊！

把万卡哥哥让给海伦，这是多么荒谬的事情。爱情不是一种买卖，怎可以说给就给？万卡哥哥是商品吗？怎么可以让给别人呢？

不行，得回去找女王姨婆，告诉她，自己不会离开万卡哥哥的。小岚站起来，朝嫣宁苑走去。

走了几步，她又停住了，眼前出现了女王姨婆刚才差点儿昏倒的一幕。

小岚眼前仿佛出现了许多可怕的场景：女王心脏病发作抢救无效去世、丹参国发生叛乱政权易主、查里和海伦成为乞丐流落街头……

"啊，不要，不要！"善良的小岚喊了起来。

她想，不可以看着年老多病的姨婆着急而无动于衷，不可以任由姨婆的政权出现危机而漠不关心。也许女王姨婆的想法是对的，只有万卡成为丹参国的强大后盾，只有海伦成为万卡爱的人，他才会不惜一切去帮助他们。

小岚之前一直不能确定自己是否真正爱万卡，但就在这时，她面临要跟万卡哥哥分开的时候，她明白了，自己已经离不开他。

明白了又不能不离开，这才是最痛苦的事。小岚眼泪夺眶而出，她真想放声大哭一场，但她不敢，怕被巡逻的卫士听到了，只能用手掩住嘴小声呜咽着。

树上有几只小鸟扑棱棱地飞了起来，飞走了。也许它们也不忍心听到公主的哭声吧！

　　小岚哭了一会儿，掏出纸巾擦干眼泪，她作了一个决定，马上离开这里。

　　要不要再去见万卡哥哥一面？也许，今后都见不着了，呜呜呜，眼泪又流了出来。

　　还是不见吧，因为如果见到他的话，自己所有的决心都会瞬间土崩瓦解。

　　小岚决定给万卡打个电话。

　　"喂。"小岚尽量让自己的声音显得愉快点儿。

　　"小岚吗？在学校？"万卡马上听出了小岚的声音。

　　"在家，今天没要上的课。"小岚撒了个谎，她又问，"你在干吗？"

　　"在审阅国家五年计划，准备下午国会开会通过，明天就向全国公布呢！"

　　"哦，这么重要的事，你忙吧！"

　　"不要紧，你在我心目中才是最重要的，找我有事吗？"

　　"没有，只是想听听你的声音。"

　　万卡温柔地笑了："傻孩子，下午开完会我就去找你，让你听个够，也看个够。"

　　小岚心里一阵难过：开完会后，你不会见到我了。她喉咙一阵哽咽，说不出话，只是"嗯"了一声。

　　细心的万卡发觉了什么，问："你怎么了？声音有点儿不对。"

　　小岚赶紧说："没事。今天穿少了，鼻子有点儿塞。"

　　万卡大为紧张："啊，那你赶紧添件衣服，别弄感冒了。"

　　小岚又"嗯"了一声。

　　万卡说："那我挂电话了，开完会我去嫣明苑找你。"

　　小岚又再"嗯"了一声，挂了电话。

　　她发现脸上有点儿凉凉的，用手一抹，全是眼泪。

　　小岚回到嫣明苑，晓晴、晓星上学去了，玛娅也不知去哪里忙了，只有几个小侍女在花园里浇花、打扫。

　　小岚没惊动她们，悄悄走进了寝室，拿出小旅行箱，用十分钟时间匆匆地放进了一些随身用品。想了想，她又换了一件以前没穿过的衣服，戴上一副大大的遮了她半边脸的黑眼镜，然后提着小旅行箱走出房间。见那些侍女仍

在埋头工作，她便蹑手蹑脚地离开了。

一路上见到些巡逻的王宫卫队，但没有人注意到她。小岚边走边拿出手机，拨响了机场售票处的电话："喂，请问最快起飞的飞机飞往哪里……"

十几分钟之后，小岚走到了王宫门口。

王宫门口有两名站岗的卫士，其中一名正是曾经替小岚开过一次车的娃娃脸卫士。小岚怕被他认出来，拿着出入证件朝他挥了挥，便急步走了出去。

走到路边，刚好见到一辆出租车驶来，小岚扬手把它叫停，拉开车门坐了上去，一边关车门，一边对司机说："去机场。"

那个娃娃脸卫士看着小岚的背影，神神秘秘地对他的同伴说："她是小岚公主。"

同伴惊讶地看着上了出租车的小岚，说："不是吧，公主出去为什么没有卫士跟着，为什么没有车子接送？"

娃娃脸得意地说："你有所不知，小岚公主最喜欢微服出巡。她刚来到这里的第二天，就让我悄悄开车送她出去，还让我别告诉别人。"

同伴羡慕极了："哇，我还没有这样的荣幸替公主开

95

过车呢！"

两人正说着，见小岚公主的管家玛娅回来了。原来玛娅出宫去替晓晴买药，能去掉身上红斑的药。之前的药只够晓晴泡一次澡，所以今天玛娅特地到外面替她再买一些。

娃娃脸一见玛娅就说："要是你早一点儿回来，就会碰到小岚公主了。"

玛娅有点儿奇怪："什么碰到小岚公主了？"

娃娃脸说："几分钟前，小岚公主一个人拖着小旅行箱出宫了。"

"啊？"玛娅很奇怪，怎么没听公主说要出去，她今天不是要上课的吗？

玛娅问娃娃脸："知道她去哪里吗？"

娃娃脸说："她乘了一辆出租车出去的，我好像听到她对司机说要去机场。"

玛娅更奇怪了，之前公主和晓晴、晓星出去旅行，因为女王来了才急急忙忙赶回来的。没理由女王还没走，公主就又出门旅行的呀！

玛娅带着疑问回到嫣明苑，想看看小岚公主有没有留

下纸条或口信给小侍女们，但小侍女们都摇头说没看见公主。玛娅急匆匆去了小岚的寝室和书房，也没看见有纸条留下。

小岚究竟要去哪里呢？玛娅隐约有些不安，她在房间里踱来踱去，考虑究竟要不要告诉国王，但又怕只是一场误会，打扰了国王的工作。

这时，传来一阵咋咋呼呼的声音："小岚姐姐，你这大懒虫，今天偷懒不去上课！"

只见那两姐弟跑进来，晓星一边跑还一边"小岚姐姐，小岚姐姐"地喊着。

玛娅见此情景，心中更是忐忑，赶紧问晓晴："晴小姐，你们不知道小岚公主出门了吗？"

晓晴听了，露出奇怪的表情："没有啊！怎么了，小岚出门了？她去哪里？"

晓星大惊小怪地喊着："啊，小岚姐姐出门了？她去哪里玩，怎么不叫上我们？"

玛娅着急地说："公主刚才一个人拖着旅行箱去机场了，而且是坐出租车去的。我觉得有点儿不对劲呢！"

晓晴说："我也觉得奇怪，但要是说发生了什么事，

哪能有什么事呢？昨天睡觉前，我们一直都是开开心心的。只是今天早上她没有跟我们一起吃早餐，也没有跟我们一块儿去上学。"

玛娅说："今天一早女王请她去嫣宁苑吃早餐了。"

"姨婆请她去吃早餐？"晓晴、晓星异口同声地喊起来。

晓晴感觉事情跟女王姨婆有关，忙说："坏了！我敢保证，小岚一个人出门的事一定和姨婆有关系。不行，这事得赶快告诉万卡哥哥。"

玛娅说："对，对！"

晓晴拿出电话，拨到国王办公室："喂，我是周晓晴，我有急事要找国王。"

办公室工作人员说："周小姐，国王现在正忙，请问有什么事？"

晓晴说："天大的事，跟公主有关的。"

工作人员一听忙说："好，请稍等，我马上把电话接给国王。"

一会儿，电话里传来了万卡着急的声音："是晓晴吗？小岚出什么事了？"

晓晴说："万卡哥哥，不得了啦，小岚走了。"

万卡大吃一惊："走了！去哪里了？"

晓晴急得不得了，说："今天早上，姨婆请小岚去吃早餐，吃完早餐，小岚就没有上学，本来今天上午有重要的课要上的。就在半小时前，小岚拿着行李，一个人坐出租车去机场了。"

万卡说："晓晴，谢谢你通知我，这事我会处理的。"

晓晴这才稍放了点儿心，有万卡哥哥，小岚不会有事的。

万卡放下电话后，急忙叫西文秘书进来："你立刻打电话去机场查查，看小岚公主有没有订今天的机票。另外，让司机把车开过来，载我去机场。"

他又立即打了个电话到嫣宁苑找女王姨婆："姨婆，小岚今早到您那里吃完早餐后，突然一个人拿着行李走了，谁也不知道她去了哪里。姨婆，想问问，您跟小岚吃早餐时，有没有发现她有什么不寻常的事？"

女王姨婆在电话那头嘀咕了一句："哦，这孩子还真守信用。"

万卡没听清，问道："您说什么？"

女王姨婆说："万卡，我明人不说暗话，是我要她离开的。"

万卡很吃惊："姨婆，您说什么？您为什么要小岚离开？"

女王说："为了王室的血统纯洁，为了海伦这孩子的心愿。你不是不知道吧，海伦是多么喜欢你，而小岚是你们中间的绊脚石。"

"姨婆，因为海伦喜欢我您就把小岚赶走，您不觉得您太过分了吗？"万卡愤怒了，"姨婆，您可以控制您的国家，您可以控制您的臣民，但是，您不能连我也控制，连小岚也控制吧！"

女王姨婆说："我的好姨甥孙，我实话告诉你，我现在已经无法控制我的国家了。所以，我才想到这个办法，让海伦跟你结婚，让乌莎努尔做我的坚强后盾。"

万卡说："姨婆，要帮您可以有其他方法，要伤害小岚，就万万不能。姨婆，我跟您实话实说，我这辈子，非小岚不娶！"

万卡说完，"啪"一声挂上了电话。

这时西文秘书进来了，报告说："陛下，查到公主的下落了。她买了一张飞往瑞士的机票，是十二点十一分起飞的。机场方面说，该航班已登机完毕，十几分钟后就起飞。"

万卡看看手表，果断地说："通知机场方面，这班机先不要起飞，我三十分钟内赶到。"

西文应道："是。"

他又问："国王陛下，那份五年计划……"

万卡说："我已经审批完了，你打印二十份，准备等会儿发给国会议员。我会在两点前赶回来参加会议的。"

"是。"西文又补充了一句，"陛下，车子已经在门外待命。"

"好的。"万卡急急地走出办公室。

"陛下，请您无论如何把公主带回来。"西文在国王背后喊了一句。

"一定会！"万卡头也不回地说。

飞往瑞士的客机停在等待起飞的备用跑道上，空姐、空少们已各自就位，乘客们已经扣好安全带，做好升空准备，但时间过了十多分钟，飞机还没有起飞。

多数乘客都安静地等着，因为飞机延时起飞是常有的事，迟十来分钟，算不了什么。但也有个别性急的乘客向空姐询问，怎么还不起飞。

一个空姐忍不住透露了一句："公主殿下要走了，就在我们这班机上。国王正赶来，劝公主回去。"

没想到，她的话马上在机舱引起强烈反应。

"什么，公主要走？为什么？"

"公主不能走！"

"公主为乌莎努尔立了大功，我们爱她！"

"公主不要走，公主不要走！"

"公主呢？公主在哪里？公主，公主殿下！"

乘客们纷纷左顾右看，想找出身边的公主。一个小女孩不顾妈妈的反对，解开安全带从座位上跳下来，在过道里一边走着，一边找公主："公主姐姐，公主姐姐，您在哪里？"

可以看到，小女孩手腕上戴着一只十分漂亮的镯子。

小女孩喊着喊着，声音带上了哭腔："公主姐姐不要走，我不让您走！"

小女孩突然被什么绊了一下，她往前一冲，眼看要跌

倒了，一双手伸出来，把她扶住。

小女孩一边说"谢谢"，一边抬头看看扶她的人是谁。

那是一个穿着T恤、牛仔裤的少女，一副很大的黑眼镜把她的脸遮了一半，只看见微笑着的嘴。

眼尖的小女孩觉得似曾相识，不由得多看了姐姐几眼，突然，小女孩大喊起来："公主姐姐，您是公主姐姐！"

大家的目光全落到少女身上，大家都惊喜万分，争着一睹公主的风采。

小女孩举起小手，让少女看她的手镯："公主姐姐，您不认得我吗？您刚到乌莎努尔的第一天，就送了我这只镯子呢！那天，我手里举着写上'公主您好'四个字的牌子，站在路边欢迎您，您还亲了我的脸……"

"我认得你，可爱的小女孩。"少女微笑着，拿下了架在脸上的黑眼镜。

果真是美丽的公主马小岚！

机舱里顿时沸腾了。

"公主，真是公主！"

掌声响了起来，接着又是一阵整齐的叫喊："公主不要走，公主不要走，公主不要走！"

小岚眼里冒出了泪花，乌莎努尔人的热情令她十分感动。

这时，本来被人们堵塞了的通道让开了一条路，一个高大的身影出现在人们视线里。当人们看清了那正是他们尊敬的万卡国王时，不禁欢呼起来："万岁，国王万岁！"

万卡国王微笑着朝人们点头，然后大步走到小岚面前。

小女孩拉拉小岚的衣服下摆："公主姐姐，国王哥哥来接您了。"

小岚看着万卡，眼里的泪水扑扑簌簌掉落在衣襟上。万卡用温暖的微笑看着她，朝她伸出手："小岚，回去吧，我不能没有你，乌莎努尔不能没有你。"

小岚无法抗拒，她犹豫了一下，然后把自己的手交到万卡的大手里。

万卡对所有乘客说："对不起，耽误你们时间了。"

飞机上的乘客几乎齐声喊道："不要紧！"

万卡微笑着向大家挥手致意，挽着小岚缓缓走过通道，走下飞机。

如雷的掌声在机舱里响起，大家用欢呼，用欢笑，给他们敬爱的国王和公主以最衷心的祝福。

在回去的车上，万卡一直紧握着小岚的手，好像怕一松开她又要跑掉似的。他对小岚说："答应我，今后不许再离开我，我的世界不能没有你。没有了你，我会很难过很难过的。"

"嗯。"小岚轻声答应着，像个很乖的小女孩。

她突然抬头看着万卡："万卡哥哥，你想办法帮帮姨婆吧！"

第 *10* 章
王位被夺

第二天一早，又是一个风光明媚的早晨。万卡一大早就来陪小岚吃早餐，然后他们一起沿着湖边跑步。两个人都有一种失而复得的感觉，更加珍惜彼此。

晓晴、晓星这回也不当他们的小尾巴了。因为今天没有课，所以两个人一大早就去溜猪了，说是不打扰小岚他们的二人世界。

突然，万卡的手机响了起来，万卡拿出来看了看，说：“是西文打来的。不是叫他们别打扰我们的吗！”

小岚说：“快接吧，可能真有急事呢！我也跑累了，正好歇歇。”

两人停下了脚步，万卡接听电话。

"什么事……啊！"

万卡脸色立刻变得十分凝重，小岚知道，一定是发生了什么不寻常的事。

一会儿，万卡挂了电话，对小岚说："丹参国发生政变了。"

"啊！"小岚大吃一惊，女王姨婆最担心的事情发生了。

万卡继续说："首相和海陆空三名将领联手，用武力控制了议会和军队，进驻了电台、电视台等新闻媒介，刚刚已向全世界发出声明，说西利女王的独裁统治已成过去，他们已组成四人临时政府，不久将选出新任国王，并发出全球通缉令，捉拿姨婆以及查里王子、海伦公主。而王室宗亲所有人，已被叛乱分子软禁。"

"天哪，不知道姨婆知道这事没有，这对她一定是个沉重打击。啊，姨婆有心脏病呢！我们快去看她。"小岚急切地说。

万卡说："好的，我也这样想。"

两人又迈开大步，朝嫣宁苑跑去。

一走进嫣宁苑的大门，便发现里面被一股强烈的不安

笼罩着，那里都是女王姨婆带来的卫士和侍女，他们一定知道了自己国家发生政变的消息了。

随着一声声"国王驾到""小岚公主驾到"的吆喊声，女王姨婆带着海伦和查里从里面走了出来，迎接国王和公主。

三个人的神情都十分焦虑，女王姨婆一把抓住万卡的手，说："万卡，这回你一定得帮我，一定得帮我。"

万卡扶着女王，说："姨婆，您别着急，我会帮您的。"

大家走进会客室，坐了下来。查里王子一改平日玩世不恭的模样，眉头紧皱。海伦公主没了以往的骄横任性，她脸色苍白，一副惶恐不安的样子。女王的变化最大，她脸色憔悴，好像一下子老了十年。

查里王子拍了一下桌子，说："那些政变分子真可恶！万卡表哥，您快借军队给我，我马上回去把叛军打个落花流水！"

海伦说："表哥，帮帮我们，我要回国，我不想做一个流亡国外的落难公主，呜呜呜……"

海伦没说两句话就哭起来了，坐在她身边的小岚马上拿出纸巾，帮她擦眼泪："海伦别哭，一定有办法的。"

女王姨婆叹了一口气，说："我真没有想到，我最信任的首相也背叛了我。万卡，看来只有用查里说的方法了，以暴制暴，派军队去镇压叛军。我知道，丹参国的军队人数和武器装备都不如乌莎努尔，只要万卡你肯借我军队，我一定把叛军全部消灭。"

海伦说："祖母说得对，那些叛乱分子最坏了，我们不能放过他们。表哥不是拥有核武器吗？如果叛军不投降，就用核弹对付他们。就像当年第二次世界大战一样，美国扔了两颗原子弹到日本的广岛和长崎，日本就马上宣布投降了。"

万卡说："姨婆、查里、海伦，你们都是我的亲人，我一定不会坐视不理的。不过，我不想挑起战争，我希望我的军队和武器是用来维护和平的，不是用来血腥镇压的，而且战争伤害最大的是那些无辜士兵和平民百姓。所以，最好不要用战争来解决问题，更不能使用核武器。"

海伦说："表哥，你好狠心，你是不愿意帮我们吗？"

万卡说："表妹别急，我不是不帮，而是想用另外的方法……"

女王姨婆叹口气，说："我早料到是这样，怪不得俗

话说，'一代亲，二代表，三代嘴撇撇'。我们的亲戚关系已隔了三代了，对你来说，姨婆并不是你很在乎的人。"

万卡说："姨婆，我不是……"

女王姨婆打断了万卡的话，伤心地说："万卡，你不必解释了。我明白的，要你出动军队和现代化武器，牵涉巨大军费开支，你不帮有你的理由。算了算了，我认命了，当个流亡女王，带着流亡王子和公主，从此亡命天涯吧！"

小岚本来一直没吭声，但听到这里，她实在忍不住了，她说："姨婆，您别错怪万卡哥哥。"

女王姨婆看看小岚，说："丫头，之前姨婆那样逼你走，是姨婆不好。唉，报应来得真快，我逼你走，想让万卡镇住那帮人，没想到，我的计划还没开始，王位就已经被人夺走了。"

"不，姨婆，我并没有怪您，我明白您的苦衷。"小岚说，"但是，我希望你们对万卡哥哥有信心。以我所了解的万卡国王，是有情有义的人，他很珍惜你们，因为你们是他唯一的亲戚。所以，万卡哥哥说了会帮忙，就一定会帮的。"

海伦不满地看了看小岚，说："现在这个局面，除了打，还有其他什么方法？我……"

查里打断海伦的话："海伦，你别打岔，让小岚说。我也相信万卡表哥不会坐视不理的。小岚，你继续说。"

小岚点点头，继续说："我也反对战争，每一场战争都避免不了伤亡，令无数人枉死，令无数家庭破碎，令无数家园被毁。我更反对使用核武器，虽然说，第二次世界大战中，美国那两颗原子弹加速了日本的投降，但是，我们更要清楚看到，就是这两颗原子弹，导致三十多万人死亡，而这些死亡的人都是无辜的平民百姓。所以，我觉得万卡哥哥是对的，我们不能以暴制暴。我建议首先不要派军队，可以暗地派人去丹参国了解清楚情况，再考虑做法。"

万卡说："很好，其实小岚跟我想的一样。先摸清敌人底细，针对他们的弱点，再考虑下一步计划。可以先考虑进行和平谈判，如一定要出兵，也是派遣小型精锐部队进行突袭，将伤亡减到最低。"

查里说："小岚和万卡表哥说得对，我也觉得自己原来的想法有点儿过激，先了解情况再考虑对策是对的。但是，报道说丹参国现在是一级戒备，对本国人都查得很紧。政变分子知道我们跟表哥的关系，如果表哥派人去，一入境就被他们盯上了，或者捉拿了，没法开展工作。"

女王姨婆说："先摸清敌情，我是同意的。但派谁去，以及能否进去，这真是一个问题。查里的顾虑不无道理，派去的人很可能被拒入境，或者被抓。而且要和平谈判也并不容易，那些发动政变的人都非善良之辈。基基首相城府很深，老奸巨滑；那三个将军一个个都是如狼似虎、杀人不眨眼的狠角色，恐怕一言不合就动刀动枪。谁有胆量闯这龙潭虎穴，谁有这聪明才智能去说动他们把王位交还给我？"

小岚说："万卡哥哥、姨婆，去丹参国了解情况的任务就交给我吧，我有信心能完成。"

在座的人一听都愣了，都看着小岚。

海伦首先喊起来："你去？你疯了！"

查里说："不行，怎可以让你一个女孩子去冒这个险。"

女王姨婆说："小岚，我谢谢你的好意。对男子汉来说都尚且很危险的事，要你一个女孩子去干？这绝对不行。"

万卡也表示反对："小岚，这次比不得上次在乌隆

国和胡陶国之间的调停，他们两国只是误会，解决了误会就能和解。这次你要面对一帮野心勃勃的政客，一帮手握着兵权的豺狼虎豹，他们为了权位是什么事都做得出来的。"

小岚说："我提出由我去，这是有原因的。第一，男子汉完成不了的事，小女子有时却能完成，因为敌人往往不把我们放在眼里，认为我们不会给他们构成威胁；第二，我有中国香港特区护照，我可以用一个中国香港学生的身份入境，这样就可以避过检查，顺利入境。"

万卡马上摇头，说："小岚，你说的我都同意。但是，一个政变之后动乱的城市本来就危机重重，何况进去之后还要执行那么危险的任务。也许你顺利入境之后，刚刚开始查探，就被叛军发现了，那你马上就会陷入危机。所以，你不能去。"

女王姨婆和查里也异口同声地说："对，小岚不能去。"

连海伦也着急地说："女孩子家，逞什么能呢！这么危险的事。"

小岚还想坚持："我……"

万卡说："小岚，你别坚持了，我是一定不会让你去

冒这个险的。我现在马上就去找几位大臣商量一下，一方面研究看看派谁去丹参国比较合适，另一方面集合精锐队伍，随时待命。"

万卡又对女王姨婆说："那我们先走了，一有决定，马上给您汇报。"

万卡和小岚走出嫣宁苑，万卡对小岚说："小岚，我今天不能陪你了，你先回嫣明苑等消息吧。"

小岚说："没问题，姨婆的事要紧。"

万卡亲了亲小岚的额头，回办公室去了。

他一点儿没有想到，身后的小岚，已经打起了她的小主意。

第11章
特别行动组

"晓晴，你和晓星在哪里溜猪？"

"啊，是小岚。笨笨真是个懒家伙，才溜了一会儿就打瞌睡，所以让人把它抱回去了。我们现在在湿地公园……"

晓晴还没讲完，便听到抢电话的声音，接着是晓星在说话："小岚姐姐，晓晴姐姐老是欺负我！她说要去看弹涂鱼，我依了她，但我说要去看鳄鱼，她就不肯去！"

又听到晓晴的声音："鳄鱼有什么好看，每次见到它，总是像化石一样一动不动，倒不如上网看图片……"

小岚不耐烦了："你们俩别吵好不好，有要紧事

呢！"

"什么事？你说。"晓晴说。

晓星嚷嚷着："啊，我也要听，我也要听！"

晓晴说："讨厌！好了，我按免提……"

"你们俩听着，我们三人由现在起成立特别行动组，马上去执行一项神秘任务。"

晓星兴奋地说："啊，神秘任务，我喜欢啊！是不是跟007执行的那种任务一样神秘？"

"具体等会合以后再跟你们说。"小岚说，"你们现在就去乌卒卒机场南门入口等我，我马上回去拿护照，然后去机场跟你们会合。我已经打电话订了机票。"

晓晴说："小岚，你叫我们直接去机场，那行李呢？我们得回家收拾行李呀！"

小岚说："既是神秘任务，就得悄悄走。我带着信用卡，东西到了目的地给你们买新的。"

晓星高兴极了："啊，真是很神秘呢！对，不带东西，那样不会引起别人注意。"

小岚问道："你们的中国香港特区护照放在什么地方，我替你们去拿。"

晓晴说："在我房间梳妆台的左边第一个抽屉，晓星

的护照也放在一起。"

小岚说："好的，你们马上去机场，我拿了护照就来。"

晓星说："啊，小岚姐姐，可不可以把我的笨笨，啊，不，是聪聪一块儿带来？"

小岚："不行。我们是去执行任务，不是去玩，带上它碍手碍脚的！"

"那……好吧！"晓星有点儿不开心。

小岚又悄悄跑回嫣明苑。她避开侍女们，先悄悄跑到晓晴房间，拿了他们两姐弟的护照，接着又回到自己房间，拿了个小背囊，拿了几件替换衣服，然后又悄悄溜了出去。

为免再被守宫门的卫士认出，小岚不敢走大门。她顺着一条僻静的小路，走到宫墙边，"吱溜吱溜"爬上了墙边一棵大树，又从树上跳到墙头上，看看外面没人，就"砰"一声跳出了王宫。

围墙外面是一条很安静的林荫道，只有少量的车辆经过。小岚站在路边等了一会儿，看不到有出租车经过，便又顺着大路跑到外面马路，那里车辆明显多了，等了一会儿，她便拦了一辆出租车，直奔机场。

　　小岚到了乌卒卒机场南门，见晓星两姐弟已经到了。晓星一见小岚戴着黑眼镜，便懊恼地说："早知道也让小岚姐姐把我的黑眼镜拿来了，戴上黑眼镜，才像是特别行动组成员呢！"

　　他又性急地问道："小岚姐姐，快告诉我是什么神秘任务！"

　　小岚说："等会儿再说。来，拿好你们的证件，我们先办登机手续。"

　　晓晴、晓星两姐弟跟着小岚办好登机手续，走进候机室，还未坐下，晓星又问："小岚姐姐，快告诉我是什么神秘任务，快说嘛，弄得人家心里痒痒的！"

　　小岚看手表，离登机时间还有二十来分钟，便拉着他们走到一处没人的地方坐下，说："你们听好，我们这次是去姨婆的丹参国执行任务。"

　　晓晴、晓星姐弟一听，十分诧异，异口同声地喊了起来："什么？去丹参国！我们去姨婆的丹参国干什么？"

　　"嘘！小声点儿！"小岚看看周围没有人注意他们，又继续说，"今早刚接到消息，丹参国有人趁女王不在国内，发动政变，夺取了王位。"

　　"啊！"那两姐弟惊讶得嘴巴张成"O"形。

晓星说："那姨婆从此再也不是女王了吗？"

晓晴说："当然。也许，这是报应，谁叫她老是瞧不起平民。"

小岚说："下面说说我们的任务，就是想办法帮助姨婆恢复王位。"

晓晴的眼睛睁得大大的："啊，小岚你真够伟大的。女王姨婆对你那样，对我们那样，你还帮她？还有那个阴险毒辣的海伦公主，她弄得我浑身痒痒的，这仇我还没报呢！早知道这次任务是为了帮助她们，我才不急急忙忙地赶来机场呢！"

晓星也说："这次我赞成晓晴姐姐的意见，我也不喜欢女王姨婆和海伦姐姐，她们嫌弃笨笨。笨笨这几天有点儿呆头呆脑的，我看八成是因为弱小心灵被伤害，对自己没了信心。"

小岚说："你们别那么小气好不好？女王姨婆她们有不对的地方，但毕竟是万卡哥哥的亲人。她们现在有难，王位都被人篡夺了，还被叛乱分子通缉，有家归不得，有国回不了。你们说，我们可以看着不管吗？"

晓星说："那女王姨婆又真是挺可怜的，没女王做了，还被追杀。小岚姐姐，我决定站在你一边，帮助女王

姨婆。"

小岚高兴地说："哦，我们的晓星真是个深明大义的好孩子。"

晓星受了表扬，得意极了，拉拉晓晴的手，说："姐姐，你快表态，也深明大义一下吧！"

晓晴噘着嘴，说："我可没你们那么伟大，真不明白万卡哥哥是怎么想的，让我们去做那么危险的事。我想此行一定很危险吧，为了她们冒风险，我做不到！"

小岚说："这事万卡并不知道，是我自己偷偷溜出来的。所以我才着急坐最快的班机离开，迟了他又跑来把我带回去。"

"哦，原来是这样。"晓晴拿起手机，说，"我现在马上打电话给万卡哥哥。"

小岚生气地说："你敢！要是你真的打电话，我们就没朋友做了。你要是不想去，你走吧，我跟晓星去。"

晓星说："是，姐姐是胆小鬼，姐姐就别去了，我跟小岚姐姐去。哈哈，一定是个有趣的冒险历程，就像007故事一样。姐姐，回来我一定把故事告诉你，羡慕死你！"

晓晴嘟着嘴想了一会儿，投降了："好了，去就去。不过，如果发现情况很糟糕、很危险，我就马上退出特别

行动组！"

这时，广播响了，通知去往丹参国的乘客马上登机。

小岚说："好了好了，如果有危险我们就一块儿撤，好不好？晴小姐，快登机吧！"

为了不惹人注目，小岚订的是普通客位，这让晓星又埋怨了一番，说是想睡觉都不行。小岚给了他一个"糖炒栗子"吃，他才乖乖地坐了下来。

这班飞机乘客不多，只有大约四分之一的座位坐了人。晓星争着坐了靠窗的位置，又嚷道："我要跟小岚姐姐坐！"

晓晴向来有点儿畏高，从不敢往下望，所以也就自动选了靠通道的位子坐下，让小岚坐在她和晓星中间。

飞机起飞了，小岚这才松了口气，这次不会被万卡哥哥"逮"回去了。

第12章
顺利过关

　　飞机傍晚时分到了丹参国。一下飞机，小岚他们就发觉气氛十分紧张，不少持枪士兵在巡逻，到了入境大堂，更是三步一岗、五步一哨。

　　小岚三个人一边排在入境的队伍里，一边观察现场情况。只见前面过关的人都无一幸免地被仔细盘问，比如，叫什么名字？从哪里来？来干什么？

　　突然听到前面有人大声抗议："什么，乌莎努尔籍的人暂时不许入境？什么原因？"

　　一看，原来，入境柜位前已被拦截了十几个人，都是被拒入境的乘客。

有个长官模样的军人走过去，说："这是上头命令，我们也不知道原因。"

有几个人在嚷着："抗议，抗议！"

长官说："这是非常时期，你们想全身而退的，就老老实实地待着，准备坐原机返回！"

那些被拒入境的人听出他话里带着威严，为免麻烦，只好不再出声了。

小岚想，相信万卡派出的侦察人员，也会无功而返啊！

晓晴心里有点儿发麻，抓住小岚的手："你看看，你看看，都不许入境了。我们回去吧，我们回去吧！"

小岚说："你忘了？我们拿的是中国香港护照呢！等会儿如果问起，就说是来旅游的中国香港学生。来，到时晓星先过，你在中间，我殿后。中间可是最安全的哦！"

晓星过关很顺利，这家伙一边出示证件，一边嘴巴甜甜地朝那验证的工作人员说："哥哥，你长得好帅哦！从来没见过这么帅的海关关员，有没有人找过你拍广告？"那工作人员被逗得眉开眼笑，什么也没问，就让他过去了。

晓晴出了点儿小意外，工作人员问她："你是来旅游还是探亲？"

她一见人家问就有点儿慌张，竟然莫名其妙地答道："刷卡。"

幸好那工作人员还挺会"解话"的，说："刷卡？哦，你是来购物的！你们女孩子都喜欢疯狂购物，我女友也是，买起衣服来把我的卡都刷爆了。"

晓晴一提到买衣服就开心，说："哇，做你的女朋友真幸福。"

这句话有如免死金牌，那工作人员乐得眉毛都在笑，别说晓晴拿的是中国香港护照，没准她拿乌莎努尔证件也能混过去呢！

小岚通过也很顺利，那工作人员刚被晓星、晓晴逗得心情舒畅，现在又来了个美丽亮眼的女孩，还那么彬彬有礼，二话不说就让她入了境。

晓晴因为顺利入境，心头大石放下了，人也兴奋起来，就如以往旅行到一个地方一样，东张西望地看新鲜："哇，丹参国的建筑还真漂亮呢！很可惜没带照相机。"

晓星却一如既往地嘴馋："小岚姐姐，不如找个有特色的地方吃点儿东西。"

晓晴说："还吃！刚刚不是在飞机上吃过飞机餐了吗？

我提议先去逛逛时装店，我连替换的衣服也没有呢！"

小岚说："我看得先找个地方坐下来，上网查查住哪间酒店，安顿下来再说。"

路边刚好有家咖啡厅，三个人便进去了，人不多，十分清静。晓星一坐下便忙于点吃的，要了几块精致的蛋糕；晓晴怕发胖，只点了一杯橙汁，她也给小岚点了同样的一杯。

小岚立刻用电脑上网，查了一会儿，说："我们就住在皇冠大酒店吧，六星级的。那里靠近政府所在地，走路十来分钟就到达了。"

十分钟后，三个人走出咖啡厅，在路边拦了一辆出租车, 朝皇冠大酒店驶去。

路上不时见到一队队带枪巡逻的士兵，分明是一个正在实行军事管制的城市。

小岚佯装不了解情况，问司机："叔叔，你们这里警卫好严啊，这么多巡逻的士兵。"

那个中年司机说："平时没有的，现在是非常时期。"

小岚又问："非常时期，什么意思？"

司机回头看看小岚，说："你们没看报纸吧？怪不得这个时候还来旅行。几天前，基基首相和三位大将军，趁女王出访时发动了政变。现在局势未明，所以到处都有士兵把守。"

小岚故作吃惊："政变？啊，我们真不知道呢！哎呀，那现在情况一定很乱吧！"

司机叹口气，说："是啊！现在本来是旅游旺季，我们每天都车车不落空，但这几天，有时一天只接一两个乘客，连汽油费都不够付。"

小岚说："对这次事件，你们老百姓怎么看？"

司机说："我看你们是外国游客才敢讲。我们真不想乱，我们只是普通老百姓，没什么奢求，只求生活安定、一家人齐齐整整罢了。其实西利女王也不那么糟的，她在位几十年，国民生活水平都在不断提高，其他国家也不敢欺负我们。现在王权易主，还不知道谁会当新国王。唉，反正有好长一段时间会不得安宁。"

小岚点着头，说："叔叔，您还很会分析呢！"

司机笑着说："你别看我是开出租车的，我平时还很关心国家大事呢。"

就这样闲聊着，不一会儿就到了皇冠大酒店门口，小岚谢过司机，三个人走进了酒店。

他们在酒店里订了一个大套房。大套房里面有一个客厅，三个单人房间，正好他们三个人住。拿到钥匙后，他们直接上街去了，得买一些生活用品。

到了一家大型购物商场，小岚找到一个银联机，提了一些现金，自己留了一点儿，其余都塞到晓晴口袋里了："你跟晓星去买东西，我在商场随便走走。"

晓晴"嗯"了一声，迫不及待拉着晓星跑了。她兴冲冲跑了几家名店，替自己和弟弟买了几套衣服，又买了一套化妆品，说是和小岚两人共用。晓星首先买了一个背囊，然后去零食店买了好多好吃的东西，把背囊塞得满满的。

两人疯狂购物的时候，小岚却去了商场一家咖啡厅喝咖啡，到晓晴两人大包小包去找她的时候，看见她和两个本地的年轻人聊得正开心。见晓晴他们买完东西回来，小岚才跟那两个年轻人告辞了。

晓晴边把装化妆品的袋子朝小岚手里塞，边说："小岚，那两个男孩一点儿也不帅，干吗跟他们聊天？"

小岚睨了她一眼，说："你以为人人都跟你一样好

色，我可是在工作呢！"

晓星眼珠一转，说："哦，我知道了，你一定是向他们搜集情报。"

小岚说："晓星，你说得没错。我发现你跟笨笨成了朋友以后，变聪明了哦！"

晓星高兴得抓耳挠腮的："真的？"

晓晴睨了弟弟一眼，又问小岚："那你搜集到什么了？"

小岚说："跟他们谈过以后，我决定了明天的行程——去查德公园。"

晓星兴奋地说："小岚姐姐，你是不是已经想好办法怎样帮助女王姨婆了？所以明天有时间带我们去公园玩。"

晓晴敲了他脑袋一下，说："你就知道玩。小岚一定是想去参加查德公园的市民论坛。查德公园的市民论坛跟香港维园的星期天论坛是一样的，也是市民讨论时局的地方。参加论坛，可以帮助我们了解丹参国现时情况和民心取向。"

小岚说："晓晴真聪明。晓星，我又发现你跟笨笨交

朋友以后越来越蠢了，连这都想不到。"

晓星委屈地说："小岚姐姐，你一会儿说我变聪明了，一会儿又说我变蠢了，你好混乱。"

小岚说："我不混乱啊！嗯，应该说，你跟笨笨交朋友以后，一会儿聪明一会儿愚蠢。"

晓晴加了一句："或者我用一个词来总结吧，你是有点儿错乱了。"

晓星顿着脚，说："啊，你们联合起来欺负我。"

直到坐上出租车时，晓星还是气鼓鼓的，小岚拿过他的背囊，说："噢，看看晓星买了什么好吃的东西。"

晓星一听到"吃"字就开心，马上忘记了刚才的不愉快。他打开背囊，兴致勃勃地介绍起来："有甜甜圈，有巧克力，有芝士球，有……"

一直到回到酒店，他都是高高兴兴的。

小岚进了自己房间，往床上一躺，手机从口袋里掉了出来，落在床上。她拿起一看，手机是关着的，这才想起自从上飞机关了后就一直忘了打开。

她忙把开机键按了一下，随着一阵悦耳的音乐，手机开启了。

"哇！"她大叫了一声。

有好多未接来电，都是万卡打来的，她急忙按了回拨键。

话筒里传来万卡焦急的声音："小岚，是你吗？你不声不响跑哪里去了。我找晓晴他们，但他们都不接电话。"

小岚支支吾吾地说："我……我去了……"

万卡说："你去了丹参国，是吧？"

小岚嘻嘻地笑了起来："万卡哥哥，真是什么事都瞒不过你啊！"

万卡说："你还笑，知不知道我有多担心你。"

小岚说："对不起，对不起！既然你不让我去，我只好偷偷地去了。不过你别担心，我和晓星、晓晴在一起，已经顺利进入丹参国了。"

万卡说："真是个鬼灵精，什么难事你都能完成。告诉你，我派了三拨人去丹参国，结果全都被拒绝入境，现在也只能靠你们了。"

"耶！"小岚高兴地说，"我很有先见之明吧，对不对？要帮助姨婆，还得靠天下事难不倒的马小岚。"

万卡说："不过，你得答应我，绝对不能让自己陷进

危险的境地。打听到需要的情报就马上回来，千万不要私自行动，保护好自己，保护好晓晴、晓星，知不知道？"

"遵命，国王陛下！"小岚笑嘻嘻地说，"放心，我们一定会平安回去的。我可是个小福星哦！"

万卡说："小福星，等你回来！"

"好的！"小岚挂了电话，自言自语地说，"万卡哥哥，我马小岚来这里一趟，会只是打探情况这么简单吗？看我惊天地、泣鬼神，为姨婆重夺河山！"

第13章
查德公园的大论战

丹参国的晨光来得很早，还不到七点，天就全亮了。阳光照进房间，满屋子显得亮堂堂的。

一缕阳光慢慢向床上移，照在小岚脸上，她眯了眯眼睛，醒了过来。

"糟糕，起晚了！"小岚一看满屋子的阳光，吓了一跳，以为起码九十点了，看看桌上的座钟，原来才七点多，她才松了一口气。

市民论坛九点开始，也得起床了，小岚从床上爬起来，披上衣服，便去敲隔壁两个房间的门："晓晴起床！晓星起床！"

听到里面传出很响的哈欠声，知道他们醒了，小岚回到自己房间，很快梳洗完毕，穿好出门的衣服，坐在客厅里等他们。

这时晓星也背着小背囊出来了，他有点儿呆头呆脑的，好像没睡好的样子。

小岚说："晓星，昨晚没睡好吗？"

晓星揉着眼睛，说："嗯！我老是梦见笨笨在找我，找不到，它就躲在一边哭，好可怜哦！"

小岚说："放心吧，我已经打了电话给玛娅，让她好好照顾你的朋友。我敢保证，笨笨现在吃好睡好，幸福地生活着。"

晓星说："谢谢小岚姐姐。买礼物回去的时候，我想也买一份给笨笨，可以吗？"

小岚说："当然可以！"

晓星马上喜笑颜开："太好了，谢谢小岚姐姐！"

晓晴一如既往磨磨蹭蹭的，直到晓星第三次拍她房间的门，她才开门走了出来，一出来就先发制人："拍什么拍，讨厌！"

小岚瞪了她一眼："要是晓星不拍你门，恐怕你大小姐要磨蹭到下午才能出门吧！"

晓星朝他姐姐扮鬼脸，晓晴举手要打他，他慌忙躲到小岚背后。

小岚说："别闹了。赶快去餐厅吃早餐，然后去查德公园。"

三个人吃完早餐，走出酒店，时间已接近八点四十分。不过查德公园就在皇冠大酒店附近，走路也不超过十分钟。

查德公园很大，比维园星期天论坛的场地大了起码四五倍。场内布置也不像星期天论坛般讲者在台上，下面是观众席，而是四面像球场看台般的观众席，环绕着一个讲坛。讲坛旁边竖着一个牌子，上面写着：

今天论题——谁最适合当下一任国王

小岚他们进入时场内已经坐满了人，三个人沿着中间梯级走了好一会儿都没能找到位子。幸好一位好心的叔叔请同伴为他们挪出了几个位置，他们才坐了下来。

"叔叔，谢谢你！"小岚坐在叔叔身边，对他表示感谢。

叔叔说："不用客气！"

小岚说："我们是来旅游的中国香港学生，因为对你们的市民论坛很感兴趣，所以特地来看看。想请教一下，

你们的市民论坛每次都这么多人参加吗？"

叔叔说："平时没这么多人的，只因为国家刚发生事情，而今天的论题又太多人关注，所以才这么踊跃。"

"哦。"小岚好奇地四处张望，发现很多人手里都举着写上名字的牌子。

叔叔见小岚留意那些牌子，便说："牌子上是他们支持当新国王的人的名字。全国民众现在分成五大派，分别支持基基首相、希希将军、拉拉将军、里里将军，还有支持西利女王的。大家都认为自己支持的人能胜任国王，都希望自己支持的人当选，意见不一，所以，今天各派都派代表在这里进行讨论，各抒己见。"

小岚说："那可不可以说，今天的讨论结果，是代表着全国人民的意愿。"

叔叔说："可以这样说。"

小岚心想：太好了，可以直接听听丹参国人的意见，看看他们最支持的人是谁，万一女王姨婆不获支持，就证明她不得人心，自己也要考虑是否再帮助她恢复王位，因为民心不可违啊！

她又问叔叔："叔叔，您是支持哪一派的呀？"

叔叔说："我和我的朋友是西利女王派。"

小岚问："为什么呢？"

叔叔说："女王任国王多年，七分成绩三分错误。人谁无过，如果她能改掉那三分错误，就是好国王了。况且，现在谁当新国王都有人不满意，都会引起社会动荡，影响国内团结，到那时情况会更糟。"

小岚不断点头，叔叔分析得真好。

论坛九点零五分正式开始了。首先发言的是基基派代表，基基派代表说话很慢："我……主张……由基基首相当……国王，基基首相……有……计谋……"

希希派代表大声疾呼："我们觉得希希将军最适合做国王。他懂指挥作战，要是他做国王，可以随时打败来犯之敌！"

拉拉派代表未等他讲完，就跑过去抢了话筒："各位，我认为拉拉将军做国王最好，因为他讲义气，兄弟们都服他……"

里里派代表从观众席上站起来，振臂高呼："我们希望里里将军做国王，他最勇敢……"

西利派代表打断里里派代表的话："西利女王最适合当国王了，她有经验，有能力，最适合当国王……"

小岚问叔叔："看来各派势均力敌、意见不一。那被

支持的四个人呢？基基首相、三位将军，他们支持谁当国王？"

叔叔说："听说他们也意见不一。"

这时女王派还想继续发表意见，但观众席里各派人士早已按捺不住了，都呼喊起来，声音震天动地：

"基基首相当国王！基基首相当国王！"

"希希将军当国王！希希将军当国王！"

"拉拉将军当国王！拉拉将军当国王！"

"里里将军当国王！里里将军当国王！"

"西利女王当国王！西利女王当国王！"

会场上顿时呼声惊天动地、震耳欲聋，晓星受不了了，拼命用双手捂住耳朵。

小岚见各派人士都在蠢蠢欲动，看样子要打起来了，于是马上拉着晓晴、晓星，走为上。

三个人走出查德公园，回头一看，里面已乱成一团。

"幸好小岚姐姐英明，带我们离开。"晓星伸伸舌头，又问，"小岚姐姐，我们现在去哪里？"

小岚说："下一站，去百花公园。"

晓晴问："百花公园？咦，那里也有什么论坛吗？"

小岚说："不是。那里有很多好玩的、好看的，我们玩

儿去！"

晓星一听"玩"字就开心："啊，去玩？好啊好啊！"

晓晴说："小岚，我想，你已经胸有成竹了，是吧？"

小岚说："正是！"

晓晴很佩服："小岚，你真厉害！"

小岚得意地说："哈哈，天下事难不倒马小岚。"

晓星说："小岚姐姐，你好厉害啊，这么快就想到帮助女王姨婆的办法了？快告诉我，怎么个帮法？要万卡哥哥出兵吗？准备请他派多少人马？"

小岚说："不用他派人马，我们三个人就够了。"

晓晴听了，疑惑地说："就我们三个？我们三个就能打败叛军？小岚，你是做梦吧？"

小岚说："不是做梦。我才不干那些打打杀杀的事呢！先别说这些了，我们玩儿去。"

三个孩子坐出租车去了百花公园。这公园好美啊，百花齐放，虽然很难说有哪一百种，但可以肯定的是有很多很多种，把人看得眼花缭乱。还有那水族馆，各种鱼类数不胜数，晓星待在水族馆里不肯走，他最喜欢看鱼了。之

前花了很多钱买回来的那条"史前鱼"，经宾罗大臣鉴定只是一条普通的现代鱼，被小岚和晓晴嘲笑了一番，晓星很不服气，发誓一定要发现一条真正的史前鱼。

小岚看看时间已是傍晚了，便对身边的晓晴说："走吧，吃晚饭去。吃完我们去买衣服。"

晓晴听得买衣服就来了精神，马上呼喊晓星，谁知这家伙不知跑哪去了。小岚和晓晴在水族馆跑了一圈，才发现晓星双手扒着一个水族箱，鼻子压得扁扁的，和水族箱里的一条鱼大眼瞪小眼。

"走吧！"晓晴要拉晓星走。

"等一会儿，我想看清楚这条罗汉鱼的眼睛。我以前养过这种鱼，它的眼睛是白色的，但这条罗汉鱼的眼睛是红色的。我怀疑这条有可能是史前鱼啊！"晓星死扒着水族箱不肯走。

小岚说："唉，我简直想把笨笨的名字送给你了。你不记得老师讲过吗？鱼眼睛的颜色有时会随水质和水温的变化而改变的。所以，这条鱼跟你养过的鱼眼睛颜色不一样，一点儿不奇怪呢！"

"啊，原来是这样。"晓星扫兴地站了起来。

小岚说："别想着你的史前鱼了，先吃饭去吧！"

　　"吃饭？"晓星又来了精神，"好啊！快走快走，吃最贵的、最出名的。"

　　当晚，他们去当地一家著名的餐厅吃了一顿很不错的牛扒餐，之后又去了一家名店买衣服。晓晴昨天本来已经买了几套衣服，但眼前一套套名牌仿佛在向她招手，忍不住又想买。她碰碰小岚胳膊，说："我再买一套，就一套，行不行？"

　　"行。不过，得让我给你挑。"小岚不容反抗地说。

　　小岚挑了一套淡紫色、设计大方的西装套裙，往晓晴手里一塞，说："试试合不合身。"

　　晓晴并不喜欢这样正经的套装，嘟着嘴接过了。小岚见她这样，便说："好了，除了这套，你再挑一套自己喜欢的吧！"

　　"真的！"晓晴兴高采烈地冲过去，拿了一套自己中意的，跑进了试衣间。

　　小岚拿了一套小号西装，对晓星说："你试试这套。"

　　"噢，小岚姐姐，你给我买西装干什么？"

　　小岚说："这是工作服，快试试。"

　　小岚给自己挑了一套米色套裙。

回到酒店，小岚刚把背囊放下，回头一看，人没了。原来晓晴忙着回房间试新衣，晓星则忙着回房间看电视。

"喂，都给我出来！"小岚大叫。

"怎么啦！怎么啦！"晓星、晓晴急忙跑了出来。

小岚问："你们累不累？"

晓星说："小岚姐姐，是不是还有下一站？吃好东西吗？我一点儿不累呢！"

"刚吃完又要吃，撑死你！"晓晴说，"小岚，还去名店吗？我不累！"

小岚说："坐下，商量一下明天跟四人临时政府会面的事。"

"什么？跟临时政府会面！"晓晴、晓星一起大嚷。

"哦，我累极了！"

"唉，我要睡觉了。"

两人说完就想溜回房间。

小岚一手抓住一个，命令说："给我坐下！"

那两个家伙无可奈何地坐下了。

小岚有点儿生气地说："吃东西、买衣服就那么积极，说起工作就逃避，好过分啊你们！"

晓晴缩缩脖子："小岚，我害怕。那些临时政府的人

连政变的事也敢做，一定像老虎一样凶。我们这些小羊羔一进去，没准就像笨笨吃饼干一样，咔嚓咔嚓，几下子就把我们吞进肚子里了？"

小岚看着晓星，说："那你呢？你也害怕咔嚓咔嚓地被吃掉了？"

晓星说："我……我……有一点点，一点点。"

小岚说："好啊，既然你们这么胆小，那我一个人去得了。"

"不行！"晓晴、晓星一起喊起来。

"我们不能让你一个人去那种危险的地方。"晓晴嘟着嘴，说，"好吧，我们有福同享，有难同当。我去！"

晓星说："我也去。男孩子应该保护女孩子，我保护你们。"

小岚说："这还差不多。看见你们刚才那样子，我真想咔嚓咔嚓地把你们两个吃了！"

晓晴说："小岚，我们真的去见四人临时政府吗？你也不是没看到，在入境处，乌莎努尔的人不是被捉，就是被拒绝入境，这说明临时政府对乌莎努尔处处提防。你有没有想过，我们三个一进临时政府的大门，就被抓起来作人质了。"

"我想过啊！但是，'不入虎穴，焉得虎子'，我不去见他们，怎能向他们力陈利害，弄清目前局势，让他们丢掉幻想，迎回女王姨婆。"

晓星眼睛睁得大大的，眼里满是敬佩："小岚姐姐，你好勇敢啊！但是……这四人发动政变，就是想做国王，现在达到目的了，他们肯放弃吗？"

小岚说："问题的关键就在这里，就是因为他们都想当国王，我才可以借题发挥。"

晓星眼珠转了转，说："哦，我明白了。王位只有一个，但现在发动政变的四个人都想自己做国王，争来争去，到最后一定是谁也做不成。既然他们四人都当不成国王，就只能另外找一个人当了。这时候，小岚姐姐就隆重推出女王姨婆这个'熟手女工'。哇，小岚姐姐，你真厉害，这样复杂的问题都可以想通。"

小岚哈哈笑着："晓星，你能想通这一点，简直跟笨笨一样聪明。"

晓星眉开眼笑："小岚姐姐，你终于承认笨笨聪明了！"

晓晴说："小岚，我明白你的意思了。但是，你有没有想过，万一你没能说服四人临时政府，就会陷入危险之

中呢！"

小岚说："如果不去做，又怎么知道不会成功呢？我知道万卡哥哥很重视姨婆这个亲人，如果不能和平解决问题的话，他很可能会出兵帮姨婆夺回王位。战争一发动，对乌莎努尔，对丹参国，对全世界，都不是一件好事。所以，我怎么也得搏一搏。"

晓晴说："我明白了。小岚，你真勇敢。那我就跟你一块儿去闯龙潭虎穴，保卫和平，反对战争！"

晓晴说完，一把握住小岚的手。晓星见了，也伸出手握住她们的手。小岚喊道："保卫和平，反对战争！努力，加油，成功！"

三个人一起大喊："努力，加油，成功！"

第14章
被软禁的公主

第二天上午，晓晴打了个电话到丹参国临时政府。

"喂，我是乌莎努尔国马小岚公主的秘书，我姓周。小岚公主在贵国旅游，希望跟贵国领导人会面，今天之内任何时间都可以。我的电话是……"

"周小姐，很高兴听到公主莅临的消息。我会马上向四人临时政府汇报，尽快回复。"对方十分客气地说。

晓晴打电话时用了免提，所以屋子里的人全听到了。晓星说："那我们今天是在酒店里等候回复吗？"

小岚说："不用。我们等会儿先吃顿好的，然后再想想去哪里逛逛。"

晓星首先表示赞同："对，吃顿好的。"

晓晴正想说话，听到门外有人轻轻敲门："马小姐，早餐到了。"

小岚说："噢，我忘了告诉你们，我一早打电话通知了送餐。"

晓星十分雀跃，赶紧跑去打开门。哇，两个酒店侍者推着一辆餐车站在门口，餐车上，放满了美食佳肴。

"进来进来！"晓星两眼放光。

两个侍者推车进来，把东西一样样放在桌子上。哟，满满一桌子呢！

晓星不客气地坐下来，还催着两个姐姐："快，快坐下吃。"

晓星一边大快朵颐，一边说："好吃，好吃。"

晓晴怕发胖，任何美食她都只敢浅尝。小岚属于怎么吃也不胖的身形，不过她的生活习惯很健康，吃饱就行。只有晓星，见了美食就停不下来。

吃完后，小岚说："好了，我们可以想想去哪里玩了。"

晓星吃完最后一块点心，正想发表意见，却听到晓

晴的手机响了。晓晴一看是当地电话，便"嘘"了一声："别说话，临时政府来电了。"

晓星伸伸舌头："哇，好快！"

晓晴按了免提，把手机放在桌子上。

"您好，我找周小姐。"

"我是。请问您是……"

"周小姐您好！我是丹参国临时政府的秘书长水里。"

"哦，水里先生，您好！"

"周小姐，我国临时政府十分重视贵国公主的到访，会马上安排会面。我们等会儿就派出专车前往你们下榻的酒店。我们会安排你们入住国宾馆，然后在国宾馆进行会面。请问你们住在哪里？"

晓晴说："皇冠大酒店，4526房间。"

"好的。我会跟车去接你们，半小时内到达。"

晓晴说："好的，谢谢！"

晓晴挂上电话，说："看来丹参国临时政府很重视这次会面啊，这么快就回复。"

小岚说："好，第一步很顺利。希望事情能速战速决，那我们明天就可以班师回国了。"

晓星说："哇，太好了。我也担心笨笨想我了。我等会儿要去一下动物商店，买些礼物给它。"

小岚说："我们得马上收拾东西。另外，换上昨天买的衣服。记住，你们两人的身份是我的秘书。"

刚收拾完，穿好衣服，就听到门外有人敲门。晓晴赶紧去开了门，见到一个高大的中年人站在门口，两个戴黑眼镜保镖模样的男人站在他后面。

那中年人见到晓晴，鞠了个躬："我是秘书长水里。请问阁下是……"

晓晴朝他伸出手，说："我是公主的秘书周晓晴。"

水里热情地跟晓晴握手，说："欢迎来到敝国。"

晓晴把水里领进去。这时，小岚从沙发上站了起来。晓晴对小岚说："公主殿下，这位是丹参国临时政府秘书长水里。"

小岚朝水里伸出手，说："水里先生，你好！"

水里朝小岚鞠了个躬，又握了握手："公主莅临敝国，我们感到无限荣幸。四人临时政府公务繁忙，未能亲自前来迎接公主，敬请原谅。"

小岚微笑说："不必客气。请代向四人临时政府致意。"

水里说："我们已在国宾馆安排了总统套房，请公主移驾前往。"

小岚说："多谢贵国美意，那我们现在就走吧！"

从皇冠大酒店去国宾馆并不远，上车后十分钟就到了。国宾馆层数不多，粗略看去大约十多层而已，里面极为豪华。水里介绍说，这国宾馆只接待国家级贵宾。

小岚三人被带上了十楼，安顿在一间套房内。这套房比皇冠大酒店的总统套房要大，除了有客厅和三个房间之外，还有一个小会议室。

水里对晓晴说："周小姐，先请公主休息一下，我回去跟临时政府确定今天几点会面，然后再联络你。"

晓晴说："好的，谢谢水里先生。噢，水里先生，你能把手机号码告诉我吗？"

水里说："行。号码是……"

"闷死我了，闷死我了，还是穿便装好。"水里一走，晓星就忙不迭脱下西装，"砰"一下跳到了客厅的沙发上，舒舒服服地躺了下来。

小岚和晓晴也换了便装，坐在客厅另外两张小沙发上。

晓星说："这里好舒服啊！跟着小岚姐姐出来就是

好，吃好住好！"

小岚说："这家伙越来越贪图享乐了，长大准是个贪官！"

晓星嬉皮笑脸地说："小岚姐姐，我长大不会做官的，所以也永远不会成为贪官。我长大要做生物学家，专门研究史前鱼。"

晓晴说："你那么贪吃，说不定把研究用的鱼全都煎着吃了，成为贪吃生物学家。"

晓星拼命摇头说："不会的！不会的！"

晓晴说："会的！会的！"

小岚离开激战中的两姐弟，走到阳台看风景。她以前从没来过丹参国，这次到来，印象还是很不错的。她最喜欢的是这城市里的绿色环保，几乎家家户户的阳台上都种着花草，既赏心悦目，又令空气清新。

小岚正欣赏着对面大厦一家阳台上怒放的勿忘我，突然，她察觉了一些异常。对面阳台左侧的一个窗口里面，好像有一双眼睛在窥探。

小岚愣了愣，莫非有人在监视他们？

她装作不经意地望向对面阳台右侧，啊，有个人影一

闪，一下就不见了。

有问题！

小岚赶紧回到客厅，见那两姐弟还在无聊地你一句我一句斗嘴，便说："停，停停停！"

晓晴和晓星一起住了嘴，望向小岚。

小岚说："我发现对面大厦有人在监视我们。"

"啊，哪里哪里？"晓晴和晓星一起跳下沙发，冲向阳台。但小岚一手一个抓回来了。

小岚说："别那么张扬。不能让他们知道我们察觉了什么。"

"真奇怪，干吗要监视我们，我们又不是坏人！"晓晴嘟囔着，又说，"在这里一天到晚让人盯着，好难受啊！不如我们出去走走？"

小岚说："也好。"

三个人背起小背囊，打开大门就要出去，没想到，被门口两个穿西装的男人拦住了。他们正是刚才跟着水里来接他们的两个保镖。

其中一个穿黑色西装的男人，用很有礼貌但又强硬的语气说："我们是负责保护你们的。水里先生吩咐，为安

全起见，各位不能到外面去。"

晓晴一听便生气了："大胆！谁敢阻拦我们公主！我们的安全我们自己负责，不用你们管。"

黑衣人还是很有礼貌地说："请小姐原谅，我们只是执行任务而已。对不起！"

晓星说："要是我们硬要出去呢？"

黑衣人说："各位，请不要让我们为难。"

小岚看了看那两人，说："算了，不出去就不出去吧！"

黑衣人感激地说："谢谢公主体谅。"

小岚说："我们光是到楼下餐厅喝点儿东西，行不行？"

黑衣人说："很抱歉。水里先生说，不能让你们出这房门。所以，我只能回答不行。"

小岚说："那好吧。我们不出去就是。"

小岚拉着晓晴、晓星，把大门关上。晓晴气急败坏地说："什么为安全起见，简直是剥夺人身自由！"

晓星说："小岚姐姐，你干吗这么好说话，他们说不让出去就不出去吗？"

小岚说："他们既然态度这样强硬，我们要硬闯的话，一定闯不出去的。你没看见，那两人有多高多壮，恐怕拎起我们就像拎一只小鸡一样容易。"

她又对晓晴说："你打个电话给水里，催问他会面的事，看看他怎么说。"

"好！"晓晴拿出手机拨号，"噢，很多杂音，我到阳台上打。"

"真气人！"晓晴打完电话，进来说，"水里说四人小组很忙，今天一天都没空。"

小岚皱着眉头，说："希望他们是真的没空，而不是有心拖延。"

晓星说："小岚姐姐，那我们现在怎么办？"

小岚说："怎么办？既然不能出去，就只好留在这里，看电视、吃东西了。"

"吃东西！"晓星一听又来了劲，"赞成赞成！我刚才看见桌上有餐牌，好吃东西有很多呢！"

晓晴很是心烦气躁，赌气说："不吃白不吃！反正这里费用他们包了，点多些，不贵的不吃，心痛死他们。"

晓星一听正中下怀，于是专挑又贵又吃不饱的东西，

点了一大堆，急急忙忙打电话通知送餐部了。

下午，小岚打了个电话给万卡，说了目前情况。万卡一听就焦急地说："小岚，你真不听话，我不是让你别私自行动吗？看样子，四人临时政府一定是把你们扣作人质了，实在欺人太甚！不行，我得马上采取行动，把你们救回来。"

小岚说："万卡哥哥，你别着急，或者他们真是暂时没空呢！我觉得，只要能见到他们，就有把握说服他们。"

万卡说："我觉得他们是不会见你的，他们怕我们帮姨婆夺回王位，所以一定会把你们一直软禁，用来要挟我们。"

小岚说："万卡哥哥，我想再多等一两天。你不是也希望用和平方法解决事件吗？"

万卡说："本来是的，但现在是他们先向我国挑衅。我的公主现在身陷险境，我能坐视不理吗？"

小岚说："万卡哥哥，如果冒点险，就能避免一场战争，我觉得很值得。放心吧，别忘了我可是一个小福星啊，我会没事的。"

"唉，真是个叫人担心的小丫头！"万卡轻轻叹了口气，又说，"好吧，我就再等一天。我已经做好准备，要是明天他们还是不跟你会面，就证明他们根本没有诚意。那我就要采取行动，先拯救你们，再替姨婆夺回王位。"

小岚说："万卡哥哥，请你三思，不到万不得已，不要使用武力。"

万卡说："我会慎重处理的。现在是下午两点，我就再给他们二十四小时。明天两点前你给我电话，要是他们仍然没表示善意，仍然拘禁你们，我就对他们不客气！"

第15章
山穷水尽疑无路

这是小岚他们来到丹参国的第四天。

晓晴苦着脸看着面前的西式早餐："惨了，这次来丹参国，除了睡就是吃，一定体重猛升。"

晓星说："姐姐，你现在抗食欲的自制力太差了。你昨天一天到晚坐在餐桌前，吃了又吃，吃了又吃，简直像个超级垃圾桶！"

晓晴说："我是化愤怒为食量。哼，可恶的水里，可恶的临时政府，把我们关在这里。等等等，还不知等到什么时候！"

小岚说："晓晴，再打一次电话给水里。"

"嗯。"晓晴拿出手机，气呼呼地说，"要是再拖延时间，我就……"

晓星说："姐姐，就怎样啊？"

晓晴说："就……就把他这个'水里'按进水里，灌他一肚子水！"

晓晴发现手机没有信号，不由气恼地嘀咕："怎么搞的，倒霉！"

她把手机往沙发上一扔，拿起桌上的电话话筒，拨了水里的手机号码："喂，请问是水里先生吗？我是周晓晴……请问，会面的时间定好了吗？……什么，今天又没空？！要我们再等？！"

晓晴对着话筒咬牙切齿了好一会儿，才说："好吧，谢谢你！"

"看来他们根本没有诚意会面。"晓晴越想越气，一拍桌子，"啊，我受不了啦，我马上打电话给水里，骂他个狗血淋头！"

她一把抓起沙发上的手机："怎么还是没信号？我的手机从来都没这样过呢！是太阳风暴袭击地球吗？"

"什么太阳风暴。"小岚拿出自己手机，一看，啊，也是没信号。

公主小福星

　　她忙叫晓星："你的手机呢？拿来看看！"

　　晓星急忙掏出手机交给小岚，小岚打开一看，也没信号。

　　晓晴说："我说对了吧，真是太阳黑子活动频繁，干扰了手机信号呢！"

　　晓星说："我去问问门口的黑衣人，看他们的手机有没有信号。"

　　他跑去打开门，却见到外面有个保镖拿着手机打电话。他马上把门一关，紧张兮兮地跑回去汇报："小岚姐姐，外面的人手机有信号呢！还有，门口的两个人好像换班了，不是昨天的黑衣人。"

　　小岚皱皱眉头："看来，全世界只有我们三个手机没信号。不过我想不是什么太阳风暴，而是有人刻意地用什么科技干扰了。"

　　晓星说："啊，是谁这么无聊，干扰我们的电话！"

　　晓晴说："晓星，你又笨了。谁这么无聊，就是水里和他的主子们嘛！他们要切断我们跟乌莎努尔的联系！"

　　小岚说："正是这样。看来他们没有一点儿会面的意思，只是想用我们来作人质。可是，他们根本没想到，这不但不能牵制乌莎努尔的军队，而且还会令万卡哥哥在失

去我们消息的情况下，为了我们的安全紧急出兵。看来，一场战争无法避免了。"

晓星一眼瞥见了搁在屋角的电话，说："咦，刚才姐姐不是用过桌上的电话吗？我们可以用桌上的电话打给万卡哥哥。"

"噢，对呀，怎么把它忘了呢！"晓晴赶紧拿起桌上电话，但她的脸色马上变了，"天哪，怎么一眨眼时间，连这电话也没信号了。该死！"

她放下电话，使劲一拍桌子："打仗就打仗吧！打他个落花流水，给他们一个教训。"

小岚说："可惜，一旦战争开始，遭受重创的是一些无辜的士兵和百姓。"

晓星说："小岚姐姐，你说得很对，但是现在我们什么也做不了啊！"

小岚说："现在离下午两点还有时间。来，我们三个臭皮匠一起想办法。"

晓星说："有了，我们找外面的人借电话，打给万卡哥哥。"

晓晴说："他们既然把我们所有电话都干扰了，还会让监视的人借电话给我们吗？废话！"

晓星用食指敲着脑袋："好，我再想想！"

三个人默不作声，各自冥思苦想着，希望能想出一个好办法来。

眼看时间在过去，十点，十一点，离万卡准备向丹参国开战的时间只有几个小时了。小岚跳下沙发，走到阳台上，深深地吸了几口新鲜空气，难道真是没有办法了吗？难道真的要靠打仗来解决问题吗？

忽然，她看见自己的右边方向、离这五六米远的一个阳台上，站着一个人。那人正在做早操，又是抬手又是弯腰的。

这人怎么有点儿面熟？她想看得清楚一点儿，但是那人只给她一个侧面，看不清脸。

可能认错了吧？自己在丹参国一个朋友也没有，怎么会见到熟人呢！她转过头，望着远处一幢幢高楼大厦，想着怎样解决目前困境，怎样才能见到四人临时政府……

"安琪，嘿，安琪！"

听到有人在喊，小岚想，安琪，谁是安琪？她本能地去寻找声音发出的地方。

声音是从右边传来的。小岚朝右边扭过头，还没等看清什么，就听到一声惊喜的叫喊："安琪，真是你啊！"

　　小岚发现喊话的正是刚才在阳台做晨操的男子，而那男子竟是朝着她喊的。小岚定睛看那人时，竟也惊喜地喊了起来："积，积，是你吗？"

　　没错，那人正是积，之前坐飞机头等舱时认识的年轻人积。

　　小岚这时才记起，当积问她名字时，她随口说了"安琪"。

　　积扶着阳台栏杆，说："你怎么会在这里？"

　　小岚喜出望外，在孤立无援之际遇到熟人，真是太好了。虽然不知道积能帮多少，起码传递一下消息总可以吧！

　　她刚想说话，听到积说："这样说话太费劲，我过来吧！我这里是国宾馆南楼，你那里是北楼，这里不能直接过去。我得坐电梯下去，再搭另一部电梯上你那里。很快的，你等我啊！"

　　小岚刚想说："你进不来的。"

　　可是，积已经跑掉了。唉，就让积碰碰运气吧！

第16章
柳暗花明又一村

　　小岚走回客厅，兴奋地对晓晴、晓星说："你们猜我刚才看见谁了？"

　　晓星说："啊，你刚才不是望着天空吗？看见天上飞着的小天使？"

　　小岚说："什么小天使！我见到积了，他住在南楼的一个房间。"

　　晓晴说："啊，积怎么会在这里，还住在国宾馆？"

　　小岚说："是啊，我也觉得奇怪。"

　　晓晴说："他人呢？"

　　小岚说："他来找我们了。但愿他有办法进来。"

一会儿，听到门口有人说话："我想见见里面住的客人。"

晓星赶紧打开门，啊，果然见到门口站着身材高大的积。

他高兴地大喊一声："积哥哥！"

"晓星！"积一见晓星就向他扑过去。

谁知门口的两个人把他拦住了："对不起先生，这里面的客人是受保护的重要人物，不能让任何人进去。"

积生气地说："啊，难道我是坏人吗？我会进去害他们吗？"

那两个人还是铁金刚一样挡住积，不让他进去。

正在僵持，却听到有人大声问："什么事？"

说话的正是昨天见过的黑衣人，看样子他是个头目呢！

门口一个保镖急忙解释："队长，这个人想闯进去！"

积一转身，看见那黑衣人便大叫起来："阿迪，是你呀！"

黑衣人一看也喊了起来："积，怎么是你？"

积说："老同学，幸亏碰到你了。我刚刚知道我几位

朋友住在这里，要过来叙叙旧，却被这两位仁兄拦住了，不让进。"

黑衣人说："积，对不起。不是我两个兄弟有意为难你，而是上头命令难违。这里面住的是乌莎努尔公国的公主和她的秘书，上头要我们负责保护他们安全。"

"哦，原来是这样！我不会怪他们，不会怪他们。"积拍拍那两个保镖，说，"两位，对不起，对不起！"

他又搭着黑衣人的肩膀，说："老同学，你说不让人进去是为了他们的安全，是吧？那你觉得我会是想害他们的人吗？"

黑衣人有点儿尴尬地说："当然不会。"

积说："嘿，这就对了，那就让我进去，跟他们说一会儿话好了。他们是我好朋友，前不久还救过我妈妈的命呢！就一会儿，行不行？"

黑衣人犹豫了一下，对那两个保镖说："这是我的老同学，又是基基首相的儿子，没事的，就让他进去吧！"

"是！"两名保镖答应着。

积高兴地拍拍黑衣人肩膀，说："老同学，谢谢！找时间出来喝咖啡聊天。"

晓星欢呼着把积迎了进去，晓晴随手把门关上了。

积伸出长长的手臂，把小岚和晓晴、晓星全揽在怀里，兴奋得哇哇大叫："见到你们太好了，太好了。我一直发愁怎样才能找到妈妈的救命恩人呢！"

小岚几个"他乡遇故知"，也很高兴，大家抱在一起又是跳又是叫的。

积说："刚才阿迪说，这里住着乌莎努尔公主，请问哪位……"

他的目光落在小岚身上。

小岚微笑着站了起来，朝积伸出手："你好，我是马小岚！"

积紧紧握住小岚的手，惊喜万分："啊，真没想到，我妈妈的救命恩人是位大国公主。"

小岚笑着说："我也没想到，我之前遇见的竟是丹参国的首相夫人和公子。"

积迫不及待地问道："小岚公主，你们为什么出现在这里？为什么成了保护对象？究竟有谁要害你们？不知道我能不能帮上什么忙？"

小岚说："积哥哥，你真的愿意帮我们吗？"

积说："愿意。你说，我一定帮！"

小岚说："我想马上跟你的父亲基基首相通一次电

话，越快越好！"

"这……"积犹豫了。

小岚说："不好意思，给你出难题了。"

积说："噢，不是不是。因为我为了一些事，几天都没睬他，还离家搬到国宾馆住，好多天没回家了。"

晓星说："哦，积哥哥也玩离家出走！"

积叹了一口气，说："我想你们也知道，我父亲跟其他三位将军发动政变，推翻西利女王。其实我一直反对他这样做，为了这件事，我跟他闹翻了。我总觉得，他们这样只顾自己利益，将会令整个国家，也令他们自己，付出沉重代价。"

小岚听了，说："积，原来我们的想法是一样的。我急着找首相，也是想阻止事态严重化。"

于是，小岚一五一十地告诉积西利女王怎样向万卡国王借救兵，自己怎样来到丹参国，希望能跟临时政府会谈，和平解决事件。

积听了大喜，说："小岚公主，太好了，这正是我所希望的啊！如果可以斡旋成功，就可以免去战争伤亡，还可以救我父亲！"

他急忙拿出手机，说："我现在就打电话给我父亲，

要求他与你通话。"

晓晴说:"积哥哥,你父亲会听你的吗?这几天我们一直要求跟四人临时政府会面,但他们一直避而不见呢!"

积说:"会的。只要我告诉他,小岚公主是妈妈的救命恩人,他就一定会答应。父亲一直很想好好报答救我妈妈一命的人,只是当时因为忙乱忘了让你们留下联络地址,妈妈这些天一直埋怨我呢!"

小岚和晓晴、晓星互换了一下眼神,大家都很高兴,没想到一次助人,竟反过来又帮了自己。

积按了电话号码,又按了免提键,然后把手机放在桌子上。四个人眼睛都盯着积的手机,听着有人接听:"是积吗?"

积说:"爸爸,是我!"

"噢,积!你快回来吧,你妈好想你!"

积说:"那你不想吗?"

"我……"对方犹豫了一下,说,"我也想……"

小岚几个人捂着嘴偷笑,积得意地朝他们挤了一下眼睛。

积说:"回家的事等会儿再说。爸爸,告诉您一个好

消息，我找到妈妈的救命恩人了。"

"是吗！太好了，她在哪里？得好好感谢人家。"

积说："她就住在国宾馆。"

"国宾馆？那里普通老百姓都不许进，她怎么会在国宾馆？"

积说："因为她不是普通老百姓，她是乌莎努尔公国的公主。"

"啊！"对方好像吓了一跳，"积，正经点儿，开什么玩笑！"

积说："爸爸，不是开玩笑。我不是跟您说过，救妈妈的是一个美丽的小姑娘吗？我今天在国宾馆见到她了，她住在南楼十楼，我一眼就认出她来了。见了面，才知道她是乌莎努尔公国的公主。"

"天哪，怎么这样巧！"

积说："爸爸，您不是说要感谢人家吗？她就在我身旁，您直接跟她说吧！"

"积，等等，先等等，让我想想……"

但小岚已经开始说话了："基基伯伯，您好！"

对方犹豫了一下，说："公主殿下，您好！真没想到，我夫人的救命恩人是乌莎努尔的公主。谢谢您，谢谢

您救了我夫人一命。"

　　小岚说："基基伯伯，别客气，我只是做了一件该做的事而已。"

　　基基首相说："救人一命，胜造七级浮屠。您是我们家的大恩人啊，我们真不知道怎样报答您呢！"

　　小岚说："基基伯伯，您想报答我吗？好啊，那我就不客气了。撤销对我们的监视，不再限制我们自由。另外，说服临时政府的其他人，尽快安排会面，这就是对我最好的报答。"

　　积在一旁听了，激动得跳了起来，冲着电话大喊："啊，原来你们把小岚公主软禁了，真是太岂有此理了！"

　　"我……这……"基基首相有点儿结巴了。

　　小岚说："积，别怪你爸爸，相信这不是你爸爸一个人的决定，说不定，他很反对这样做呢！"

　　"是……是，我反对……"基基首相嗫嗫嚅嚅地说。

　　积说："爸爸，既然您反对这样做，就赶快改正吧！爸爸，其实小岚公主是来帮我们的，为什么就不能听听人家意见呢？还把人家软禁起来！干吗要这样做？这是我们的待客之道吗？哦，我明白了，是不是因为西利女王是万

卡国王的姨婆，你们怕人家派兵来打我们，所以把小岚公主当人质。天哪，我真受不了，太过分了！"

可能是因为积把临时政府的诡计都说出来了，基基首相显得很尴尬，说："积，这是临时政府的决定，并不是我一人的主意。而且国内局势未明，如果乌莎努尔派兵入侵，那我们就腹背受敌了。软禁公主，非君子所为，我本来也不赞成。但是，这也不失为牵制乌莎努尔的方法，因为我也不想挑起战争，我不想让无辜百姓失去生命。公主殿下是不会有事的，留着她在这里，只是作为一种策略，我们无意伤害公主。万一其他人要伤害她，我是一定不会同意的。何况，现在我知道了她是你妈妈的救命恩人。"

小岚说："基基伯伯，我个人安危算不了什么，贵国的安危才是大问题。据我所知，贵国现在内忧外患、危机四伏。国王人选难定，社会各界意见不一，谁当国王都会引起不满。我要求跟你们会面，是希望帮助解决问题，没想到你们不但不合作，还出此下策，把我们软禁在这里。你们难道不明白，这样做不但起不了牵制的作用，反而会促使乌莎努尔下决心出兵攻打贵国。因为乌莎努尔是一个不怕恐吓、越压越强、越战越勇的国家。所以，我希望伯伯能说服其他人，在今天两点前安排会面。我只是一个毫

无反抗能力的女孩子，难道你们怕我不成？连见一次面都害怕？"

基基首相说："公主，真是一言惊醒梦中人。老实跟您说，我参加政变也是被迫的，他们说如果我不参加，就把我抓起来。您说得很对，我就把您这番话转告三位将军，希望他们接纳。"

小岚说："太好了，谢谢基基伯伯。请您务必安排在下午两点前会面，至于原因嘛，我现在不便明说。"

"好的，我会尽量安排。"基基首相挂了电话。

小岚看看手表，已是中午十二点了，离万卡哥哥出兵的时间只有两个小时了。

第*17*章
鸿门宴

　　等待最令人心焦了，小岚不时看表，眼看已是一点三十二分了，怎么还没有消息？！

　　积见她坐立不安的样子，便说："小岚公主，你别担心。我父亲向来说到做到，既然答应去游说三位将军，他就一定会去做的。"

　　小岚说："我相信你父亲会去做，但是担心时间不够。"

　　积说："时间不够？什么意思呢？"

　　小岚说："唉，我就跟你直说了吧。万卡国王说，如果今天下午两点，丹参国政府还没有释出善意，就会采取军事行动。"

积听了大吃一惊："啊！这可怎么办？"

小岚说："积，你快给你爸爸打电话，问问情况！"

"好！"积拿起手机，急急地拨打他父亲的手机，铃声长响，没人接。

积又再拨，还是那样，没有人接听。

晓星说："该不是基基伯伯刚才只是敷衍我们，他根本没有去游说那几个人吧！"

晓晴说："八成是了。他不想我们找他，干脆不接听手机了。"

积说："不会的不会的，我父亲不会那样的。"

晓晴说："怎么不会。你父亲连政变都敢参加，有什么不敢做呢！"

"我说不会就不会！"积急了，又拿起手机拨号，等了好一会儿，电话自动断了，还是没有人接。他脸色开始苍白，信心动摇了。天哪，父亲难道真的变了，连自己儿子也骗？

小岚见他这样，有点儿于心不忍，说："晓星、晓晴，别瞎猜了。相信积，相信基基伯伯，我想很快会有好消息的。"

"急死人了！"积嘟囔着，拿出手机又想拨电话，这

时，手机却响了。

积一看，马上嚷道："啊，是我父亲，是我父亲！"

积急忙按了手机上的免提键。

电话里传来了基基首相的声音："儿子，你告诉公主殿下，我已说服了其他三位将军跟她会面。时间是下午两点半。两点十五分接你们的车会到国宾馆楼下，你陪着他们来吧！"

"太好了！"积高兴地喊，"爸爸，谢谢您！我爱您！"

"儿子，我也爱你！我继续忙了，挂线了。"

小岚他们已经从手机扬声器听到基基首相的回复，这时都一起欢呼起来。

小岚拉着积的手，说："积哥哥，谢谢你！这次要不是你帮忙，我们真有可能一直被软禁在这里，束手无策呢！"

积说："小岚公主，要说谢谢的是我，是我国的人民。现在丹参国的局面能不能扭转，就全靠您了。"

小岚说："噢，积，你赶快把手机借我一下，要是两点钟万卡哥哥没接到我的电话，他会有所行动的。"

小岚拿了积的手机，跑到阳台，给万卡打电话。

"喂，万卡哥哥吗？你那边好吵，你在哪里？"

"我在空军总部。"

"啊,你在那里干什么?"小岚吓了一跳。

"调兵遣将,随时准备去救你们呀!你那边怎么样?快告诉我!"

"万卡哥哥,你先按兵不动。事情有转机,四人临时政府同意会面了,时间就在两点半。"

"啊,这帮家伙,顽固脑袋终于开窍了?"

"详细经过回去再跟你说。我们马上要出发去政府总部了,晚上再跟你通电话。"

"小岚,一切小心。"

"我会的,拜拜!"

小岚心头大石终于放下,但事情还不能太乐观,接着就是要面对临时政府四个叛军头目了。胆敢发动政变的人,都不是善男信女呢!

不过,天下事难不倒马小岚!看我怎样扳倒你三个大将军,一个大首相。

两点十五分,门口的保镖敲门,说:"首相大人的车到了,请公主殿下移驾政府总部。"

于是,小岚公主和晓晴、晓星,还有积,一行四人出发了。大家都十分紧张,尤其是晓晴和晓星两个"秘

书"，手心全是汗，不知接下来要见到的，是一帮怎样历害的重量级人物，一个怎样可怕的场面。

晓晴越想越害怕，在小岚耳边悄声说："今天别是鸿门宴吧？"

中国历史上楚汉争霸，楚人设宴招待敌方首领刘邦，席间楚将项庄借舞剑为名，要取刘邦性命，这就是著名的历史故事《鸿门宴》。

小岚瞪她一眼："别那么惊慌，鸿门宴也不可怕，刘邦最后不是没死掉吗？"

晓晴仍是一副忐忑的模样。

国宾馆离政府总部只有五分钟车程，差不多是上车后椅子还没坐暖，就到目的地了。首相基基带着秘书长水里，站在大门口等候他们。

水里见到他们一脸的尴尬，偏偏晓晴不放过他，眼光像利刀子一样，狠狠地投过去，吓得他手足无措，直往首相后面躲。

小岚拉了晓晴一把，晓晴才收回"刀子"，让水里松了口气。

基基首相把小岚等人带进政府总部，一进总部大堂，大家就像看到了恐龙怪兽般，顿时瞠目结舌——只见不远处，三个长得一模一样的大个子站成一列欢迎客人，他们全都浓眉大眼、胡子拉碴、又高又壮，连看人的眼神也都是一样的凶神恶煞。

小岚小声问积："他们是……"

积说："他们就是希希将军、拉拉将军、里里将军。"

啊，原来三位将军是三胞胎兄弟！

积说："他们很有趣的，三兄弟从小就斗到大，争强好胜、互不相让。之前西利女王本来要升他们中间一个为三军总司令的，但其他两个死也不同意，所以女王只好让他们三个平级，都是大将军，一个统领陆军，一个统领空军，一个统领海军。"

小岚听了，不禁微笑起来，心里更笃定了。

基基首相一一向小岚介绍："这是希希将军，这是拉拉将军，这是里里将军。"

小岚微笑着跟三位将军一一握手，之后各人落座。小岚和晓晴、晓星，还有积坐在桌子的一边，基基首相和三位将军坐在他们对面。

又高又壮的希希、拉拉、里里，坐着也像三座大山。他们圆碌碌的眼睛，像探照灯一样不断往对面客人脸上

扫，吓得晓晴和晓星缩作一团，一动不敢动。

见两个孩子害怕，三位将军更得意了。他们互相使了个眼色，各自从口袋里拿出一支手枪，三个手榴弹，"嘿嘿"怪笑着放在桌上。晓晴、晓星怕得直眨眼睛，天啦，他们想干什么？晓晴颤声说道："小岚，有可能是鸿门宴呢……"

小岚见到晓晴姐弟的胆小样子，气得在桌子底下踢了坐旁边的晓晴一脚："怕什么，有我在！"

晓晴赶紧挺起了身子，接着踢了坐旁边的晓星一脚："怕什么，有我在！"

晓星也赶紧挺直了身子，也照样抬脚去踢旁边的积："怕什么，有我在！"

但积躲开了。人家本来就没害怕嘛！

基基首相首先开口说话："欢迎小岚公主来到敝国，我们感到无上光荣。"

小岚说："不用客气，贵国山明水秀，地杰人灵，我太喜欢了。"

基基首相说："下面我们先用午餐。为节省时间，我们只吃简单的工作餐，怠慢之处，请公主原谅。"

小岚笑道："首相先生不要客气，我正喜欢这样。"

八个工作人员捧着盘子进来了，给每人面前放了餐汤、杂扒饭、饮品，还有一只橙子。

大家正要进餐，突然，三位将军不约而同地拿起了桌上的手枪，晓星一见吓得手足无措，晓晴面色发白、嘴唇颤抖地说："小岚，真是鸿门宴啊……"

基基首相环顾四周，说："开始！"

小岚一惊：莫非他们竟敢动武？

基基首相的话音刚落，只见三位将军一起将手枪对准盘中的扒块，一扣扳机，"哧—"一股黏黏的橙红色液体喷到餐盘里，顿时散发出一股酸酸甜甜的气味。

啊，茄汁？！

原来那不是真的手枪，而是他们随身带着的枪形茄汁喷射器。

三位将军得意地看看对面几个小客人，其中拉拉将军还装模作样地朝"枪口"吹了吹。

接着，三位将军又纷纷拿起那几个"手榴弹"，往盘子里撒胡椒粉和盐。

"嘻嘻……"晓星忍不住笑了起来。

晓晴犹有余悸，嘟着嘴说："哼，无聊！"

小岚忍住笑，小声说："别生气了！他们懂得跟我们开

玩笑，就一定不是凶狠的人。我预感等会儿的会谈会顺利呢！"

晓星也凑过来，说："是呀，我现在开始不怕他们了。我发觉他们的凶样子是装出来的。"

"是吗？"晓晴偷偷瞅瞅对面那三个人，又赶紧把眼睛垂下。

饭后，工作人员清理餐具。大家坐好，正式开会。

基基首相说："公主殿下亲自到访，对敝国问题有何看法，请不吝赐教。"

希希将军说话如洪钟："小公主，您可以打开天窗说亮话。"

拉拉将军说话似响锣："您可以有什么说什么。"

里里将军说话像放鞭炮："您可以把想说的都说出来。"

"首相先生，三位将军，那我就不客气了。"小岚把对面四个人看了一遍，然后说，"四位成功推翻西利女王，应该很高兴吧？"

希希说："不高兴。"

拉拉说："一点儿不高兴。"

里里说："高兴不起来。"

基基首相说："情况很复杂。"

小岚说："为什么？"

希希："我想当国王！"

拉拉："我也想当国王！"

里里："我更想当国王！"

基基首相叹口气："但国王只能有一个。"

小岚又说："那怎么办？在三位将军里选一个？"

希希很激动："不许拉拉和里里当，我当！我怎可以让他们比我高级。"

拉拉很恼火："不许希希和里里当，我当！我怎可以让他们比我厉害。"

里里很生气："不许希希和拉拉当，我当！我怎可以让他们领导我。"

小岚说："既然你们三个都互不相让，不如让基基首相当吧？"

希希说："更不行！不光是我说不行，希希派也说不行！"

拉拉说："更不同意！别说我不同意，拉拉派也不同意！"

里里说："更不答应！不只我不答应，里里派也不会

答应！"

小岚说："按这情形，你们四位谁当都不合适，而支持你们的人也不答应。那只有一个办法了！"

基基首相看着小岚，希希、拉拉、里里也看着小岚，异口同声地问："什么办法？"

小岚说："找另外一人来做。"

希希、拉拉、里里一起说："我同意！"

基基首相也说："我也同意！"

小岚骨碌碌转着眼睛："那找谁好呢？要找一个资深的，一上任就可以履行国王职责的。哦，我想到了，西利女王！"

希希、拉拉、里里都情不自禁地点着头，说："是呀，西利女王当了四十多年国王，她一定有经验，而且一上任就能履行职责……"

"啊，不不不！"希希将军最先醒悟过来，"那不是跟原来一样，还是西利女王当国王吗？我们辛辛苦苦搞一场政变，不是白干了吗？"

拉拉也明白了："对对，白做了！"

里里说："噢噢，白忙了！"

小岚说："不会白干啊！你们可以跟女王谈条件，指出她不对的地方，要求她改正，她不同意就不让她回

来！"

希希说："哦，这主意真好，小岚公主真棒！"

拉拉说："嘿，这主意超好，小岚公主真行！"

里里说："哈，这主意劲好，小岚公主真厉害！"

基基首相没有作声，只是看着小岚，微笑点头。

这边积和晓晴、晓星看着小岚智斗那几个大人，早已看呆了。小岚好聪明啊，几句话就把那几个大个子绕了进去，还让他们心悦诚服。

几天之后，西利女王在乌莎努尔外交大臣宾罗的陪同下回到了丹参国。在小岚的主持下，双方进行了四轮谈判。临时政府四人小组向西利女王提出了十项要求，经过多番讨论协商，终于在第四次会谈中，双方达成协议，取消其中四项，保留其中六项。这六项包括要求女王改变目前专制统治，虚心听取各方意见；取消官员及百姓晋见女王时需下跪三呼万岁的礼仪；取消不准养宠物的无理规定……

最后，在小岚公主的见证下，双方在协议书上签了名。协议书规定西利女王有三个月试用期，如果试用期内有错，就即时解雇。

全体与会人员一致通过，任命小岚公主为丹参国监察

委员会主席，专门负责评核女王施政上的成绩及不足。
三个月后，小岚将有权决定西利女王究竟是留任还是遭
解雇。

第18章
被追打的国王

　　会议结束后，女王和基基首相及三位将军立即召开复位后的第一次内阁会议。小岚和晓晴、晓星在积的陪同下回到国宾馆。

　　打开房间大门，却发现里面坐了一个人。晓星一见，便开心地边喊边扑了过去："万卡哥哥！万卡哥哥！"

　　小岚和晓晴也都跑了过去，搂着万卡，四个人开心地抱成一团。

　　晓星脑袋直往万卡怀里钻，说："万卡哥哥，我想死你了！"

　　"我也想你们啊！"万卡笑着说，"你们立了大功，

所以我特地来接我的三位大功臣回去。"

"噢，我们是大功臣，我们是大功臣！"晓星兴奋得忘乎所以。

小岚笑盈盈地看着万卡："你怎么悄悄地来了，也不预先告诉我们，姨婆也不知道吧？"

"对，我连姨婆也没说。一来想给你们意外惊喜，二来知道你们今天进行第四轮会谈，所以不想打扰你们。"万卡拍拍晓星肩膀，说，"我也不打算久留，明天就带你们回去。你们还得上学呢，别耽搁太久了。"

积站在一边，羡慕地看着他们。真没想到，一个大国国王，会跟几个小友温馨如此。

这时，小岚想起了积，便给万卡介绍："万卡哥哥，这位就是我电话里跟你说的积哥哥。我能跟四人小组见面，全靠他呢！"

万卡微笑着朝积伸出手，说："积，你好！很高兴认识你！"

积说："国王陛下，您好！久仰大名，很荣幸见到您！"

大家正在说话，忽然听到一阵呼噜声，晓晴一脸奇怪

地看着晓星，说："晓星，是你吗？"

晓星把眼睛睁得圆溜溜的："没有啊，我像是在睡觉吗？"

万卡笑着说："哦，是晓星的朋友哩！我把它带来了。"

小香猪笨笨来了！大家都很开心，晓星更是乐疯了："笨笨来了，笨笨在哪里？"

万卡从阳台推来一间活动小猪屋，把小门打开。大家一看，笨笨正伏在里面，呼噜呼噜睡得很香呢！

"笨笨，我的好笨笨！"晓星把笨笨抱了出来。

笨笨睡眼惺忪地看了晓星一会儿，认出是好朋友，马上高兴地叫了起来。

晓星赶紧向积哥哥介绍："积哥哥，它就是我在飞机上给你介绍过的朋友。你说它是不是很漂亮？"

积笑着说："是是是，漂亮极了。"

晓星一听乐得眉开眼笑。

万卡说："你们回来之前我给姨婆打了个电话。姨婆说，今晚设国宴，请我们吃饭，一同出席晚宴的有首相、首相夫人，三位将军和三位将军夫人，还有积。"

晓星说："国宴？哇，一定有很多好东西吃！笨笨能一起去吗？"

万卡说："我已经替你问了姨婆，她说欢迎，会给笨笨留一个座位的。"

晓星高兴得跳了起来："啊，还有笨笨的座位？"

他亲了笨笨一口："笨笨，你可以参加国宴了，你好荣幸啊！"

笨笨高兴得直哼哼，它一定是知道，自己是全世界第一只活着参加国宴的猪！

当晚，当万卡国王挽着小岚公主的手，慢慢走进王宫宴会厅时，响起了一片热烈的掌声。这是人们对年轻英俊的万卡国王真诚的喝彩，对美丽聪明的小岚公主衷心的赞美。

西利女王跟万卡国王、小岚公主热烈拥抱时，热泪盈眶、真情流露。几百年祖辈打下的江山，这次差点儿断送在自己手里，幸亏两位小辈出手相助，令政权转危为安。尤其是小岚，大智大勇，令人刮目相看。她心里嗟叹，如果自己两名孙儿孙女，能有小岚一半的智慧，自己就不用那么辛苦了。

各人入座，席间气氛和谐，人们谈笑风生，令人难以相信他们几天前还是敌人。

首相和三位将军见了笨笨显得特别高兴，因为西利女王在签订协议第一天就马上履行了其中一项条款——允许养宠物！

这天晚上，笨笨大出风头，因为除了乌莎努尔来的客人外，其他人都已经很久没跟小动物相处了。如今见了一只胖嘟嘟的可爱小香猪，都十分喜欢。

笨笨显然知道自己今晚身份不比从前，不是躲在桌子底下等吃的小可怜，而是特邀嘉宾，有座位的哦！所以它表现特别好，吃东西也不像以前那样边吃边哼哼。谁给它夹好吃的，它就朝谁点头示好，令人们纷纷称赞它是一只有礼貌的乖小猪。

笨笨一晚上不住地摇着小尾巴，也不知道是因为东西太好吃了，还是为了大家的赞美太中听了，或许两者都有吧！

宴会在空前愉快与和谐的气氛中结束了。西利女王让积帮忙送小岚他们回国宾馆，又叫万卡留下来说是有事商量。

万卡对小岚说："你等我一块儿回去好吗？"

小岚说："好啊！"

积带着晓晴、晓星还有笨笨走了。笨笨那家伙可能吃多了，小肚子圆滚滚的，差点儿连步子都挪不动，积要抱着它走呢！

小岚坐在宴会厅外面的小花园里，听着草丛中小虫唧唧的叫声，欣赏着无垠的夜空里灿烂的星河，心情好极了。

这是她来到丹参国之后最愉快的一个夜晚了。任务完成了，万卡哥哥又来到了身边，好开心啊！

过了十几分钟，见到月色下有个挺拔的身影大步而来，小岚知道是万卡，便笑道："还以为姨婆会跟你说个没完没了呢！"

"姨婆知道你在等我，她怎舍得让你久等呢！你不知道她现在有多喜欢你。"万卡拉起小岚，说，"我已经让司机先回宾馆了，我们一起散散步好不好！沿着湖边一直走，就可以回到国宾馆。"

小岚快活地说："好啊，我们散步回去。"

万卡拉着小岚的手，两人沿着静静的湖边走着。万

卡看着小岚，由衷地说："小岚，你真厉害，不费一兵一卒，就让姨婆重登王位。"

小岚朝万卡挤挤眼睛："我不是早说了吗？我可是一个小福星哦！"

"没错，你真是个小福星，什么困难在你面前都可以迎刃而解。"万卡呵呵地笑着，又说，"你知道姨婆刚才跟我说些什么吗？"

小岚说："噢，她说了什么？"

万卡说："她要把你从我身边抢走呢！"

"啊！"小岚吓了一跳，"她要抢走我？难道她还想让我马上消失，好让你跟海伦……"

万卡瞪她一眼："别想歪了。姨婆希望我把你交给她，她想把你培养成丹参国未来的女王。"

小岚这回真是大吃一惊："什么？为什么？她不是还有查里和海伦吗？"

万卡说："姨婆说他们俩没有帝王的资质，而你有。她相信你会做得比她还好。"

"不不不！"小岚又是摇手又是摇头，"我不要做女王，我不要做女王！"

　　万卡看着她："你真的不想做？做女王多好啊，一国之君，那时你可以把自己的聪明才智发挥到极致。"

　　小岚急了："不行，不行！我不要做什么女王，我只想待在你身边，跟你在一起！"

　　万卡高兴地说："真的，你真的愿意跟我在一起？"

　　小岚说："愿意，愿意，愿意！"

　　万卡笑了："小岚，我终于亲耳听到你说愿意跟我在一起了。你可不许食言，不许耍赖啊！"

　　小岚一听，立刻用眼睛瞪着万卡，说："哦，万卡哥哥，你好狡猾啊！原来你刚才说的一切都是为了套我的话……看我教训你，教训你！"

　　小岚举起拳头要打万卡。万卡一把抓住她的手，笑说："好啊，你敢打乌莎努尔的国王！"

　　小岚挣扎着："我就是要打你，谁叫你骗我。"

　　万卡很认真地说："我没骗你，姨婆真是这样跟我说的。她是很认真的，不是客气，也不是开玩笑，她真的想让你接她的班，当下一任的丹参国女王呢！"

　　小岚停了手："那你怎么跟她说的？"

　　万卡说："我当然替你拒绝了。"

小岚拉住万卡的手，一蹦一跳地说："谢谢万卡哥哥，还是万卡哥哥明白我。"

万卡说："不过，姨婆还是很坚持。她说，她年纪也大了，干不了几年，如果让查里和海伦接班的话，以他们的能力，肯定不能管治好国家，王权迟早落到别人手里。她让我回来跟你商量，请你务必答应。"

小岚说："不用商量了，你替我坚决地、最最坚决地拒绝姨婆。"

万卡说："不过，姨婆很固执。她说会一直说服你，直到你答应为止。姨婆可是有心脏病的呀，万一她见你不答应，一着急……"

"啊，天哪，姨婆不能受刺激！怎么办呢，怎么办呢？"小岚急得晃着万卡的手，"万卡哥哥，我不要做女王，不要做女王！你替我想想办法说服姨婆。唉，她究竟怎样才不用我做女王呢！"

万卡一本正经地说："姨婆倒是说了，她说只有出现一种情况，才不要你做女王。"

小岚着急地问："什么情况？"

万卡一本正经地说："就是你做了乌莎努尔的王

后。"

"啊!"小岚抡起拳头去捶万卡，"竟敢捉弄我，你越来越坏了!"

万卡拔腿就跑："冤枉啊，姨婆真是这样说的呢!"

"我不信!"小岚挥着拳头在后面追着，"拳头来了……"

于是，万卡成了史上第一个被人在街上追打的国王。